信長の狂気

星　亮一
Hoshi Ryoichi

目次

はじめに

織田信長の妹お市の方を正室にした小谷城主浅井長政は、なぜ義兄信長に離反したのか。

私はこの本を書くにあたって信長をどうとらえるか、悩み続けた。

どんな本をみても信長をスーパースターとして礼賛していたからである。

時代に先んじた先見力、史上まれにみる政治の天才、合理思想の鬼、時には狂人的独裁者という批判もあったが、これでもか、これでもかと、どの本にも賛辞が寄せられた。

しかし本当にそうなのだろうか。

その信長の生き方に疑問を抱いたり、刃向かったりした人間は、みな先見性がなく保守的で、信長に首を刎ねられ、磔にされ、焼き殺されて当然だったのだろうか。

浅井長政の場合は、同盟を結んだ越前の朝倉義景、父親の浅井久政と一緒に殺され、髑髏《どくろ》は薄濃《はくだみ》にされ、酒の肴になった。

生母は指を一本、一本切り落とされて殺された。

私自身、信長が嫌いではない。

中世の暗黒時代を破壊するには、信長流の手法も必要であったろうと思うが、それですべて処理されていいのだろうか。そうとばかりは言い切れないのではないか。

長政は三代続いた近江の大名浅井家の後継者であった。規模でいえば、中の上の大名であろう。祖父の時代から越前の大大名朝倉家と同盟を結んでいた。それは対等ではなく、関係は朝倉の方が上だった。父の時代もその関係は続いた。

三代目の長政のとき美濃に破竹の勢いで天下を目指す織田信長が現れた。幸運なことに長政は、その信長の妹を妻に迎えた。信長は奇襲によって次々にライバルを破り、天下布武を目指すと宣言した。

この信長の傘下に入った近江の浅井家は、信長がつまずかない限り安泰であった。しかし浅井は越前朝倉家との関係を断ち切れずに、突如、信長から離反した。

信長は激怒した。

信長は天魔王とまでいわれた人物である。刃向かったら最後、逃れることは出来なかった。

なぜ長政は、そういう選択をしたのか。

信長から離反したとき、長政は二十代の半ばであった。世のなかのことは、まだ知らない御曹司であった。加えて二代目久政は手堅い人で、先代が築いた領国をいかに守るかに終始した。

「大うつけ」と噂され、なにをするか分からない信長よりは、穏健な朝倉の方が安泰と考えたのだろう。

　それは見事にはずれ、浅井家は滅び、残された家族は路頭に迷った。領民の苦難ははかり知れない。

　結果だけをみれば大惨敗であり、判断を誤った、ということになろうが、明智光秀の場合もそうだが、人間はただ昇り龍につかまってさえいれば、それでいいというわけではない。

　長政の選択は朝倉氏を含めた反信長包囲網の確立にあった。戦国大名が旧縁などという後ろ向きな目的に左右されるはずはない。

　昨今の研究では浅井氏は、信長打倒による新たな政治地図を描くという、前向きな目的のために行動を起こした部分もあったという。

　信長と三年以上も戦えたのは、そうした目的があったからだった。とすれば、破れ去ったことにも、それなりの意味があるというものだ。

　天正二年（一五七四）元旦、諸国の大名が岐阜の信長のところに挨拶のため参上した。これらの大名が退出すると、馬廻衆との酒宴になった。

「例のものをこれへ」

　と信長が近習に命じた。

角盆に乗せてうやうやしく運ばれて来たのが薄濃の髑髏だった。

長政の美貌の妻お市の方は、浅井、朝倉攻めの恩賞として柴田勝家に嫁がされた。いかにも信長らしいやり方である。羽柴藤吉郎もお市の方を所望したというが、お市の方が嫌がったという説もある。

柴田勝家は藤吉郎に滅ぼされ、お市の方は勝家とともに、自害している。これも無残な話である。

しかし、三人の娘は後世、名を残し、長女は藤吉郎改め、豊臣秀吉の側室となり、淀君として権勢を誇ったが、徳川家康に滅ぼされた。

三女の小督は二代将軍秀忠の妻となり、三代将軍家光を産み、これこそ並ぶものなき権勢を手にした。

信長はあまりにも狂的部分が強く、それゆえに明智光秀に襲われ、本能寺で倒れたが、自分が殺した浅井長政と妹のお市が産んだ三女小督によって、天下布武の夢を成し遂げたと思えなくもない。

浅井長政の血も非凡であったというべきだろう。

小谷城

1

天文《てんぶん》十四年（一五四五）、小谷《おだに》城主浅井久政《あざいひさまさ》に嫡男が誕生した。

幼名を父と同じ猿夜叉《さるやしゃ》といった。

この少年こそ後に信長と覇を競う湖北の鷹、浅井長政《あざいながまさ》である。

七歳で新九郎を名乗り、十歳にもならぬ頃から、老臣を掴《つか》まえては祖父のことを聞いた。

父も元服までは新九郎だった。浅井家はすべて祖父が決めた路線に従って、家風が切り盛りされている。

「亮政《すけまさ》入道はどのようなお方か」

新九郎の真剣なまなざしに重臣たちは驚いた。祖父は晩年、亮政入道を名乗った。

「若君は、なにゆえに聞かれるのじゃ」

「亮政入道のことは、何でも知りたいのです」

新九郎がいった。

「ほう」

重臣の海北綱親《かいほうつなちか》は、先代の生まれ変わりに違いないと新九郎を見つめた。

浅井家には初代亮政以来の股肱《ここう》の重臣が三人いた。海北と赤尾清綱《あかおきよつな》と雨森弥兵衛尉《あめもりやひょうえのじょう》である。この三人を「海赤雨」の三将と呼んだ。

新九郎はこの三人組から、熱いまなざしを受けながら育った。

それは多分に新九郎の父、二代目の久政に対する不満が心にあるためだった。

「偉い、偉い」

赤尾が目を輝かせた。

食うか食われるかの戦国の世である。

軍事にはさっぱり力を入れず、狩猟に憂《う》き身をやつし、諫言《かんげん》を拒み、讒言《ざんげん》を信じ、亮政以来の家臣を疎《うと》んじる傾向にあった久政に、老臣たちは忸怩《じくじ》たる思いでいた。

これは多分に久政の地味な性格が災いして、誤解を受けた面もあった。

「殿《との》は百姓の方が大事らしい」

海北は陰口を叩いた。

久政はいかにして先代が築いた浅井王国を守るかに腐心し、戦《いくさ》を避けることこそ浅井家を保持する道だと手堅く考えた。

領内の水争いを収め、堰《せき》をつくり稲田を増やした。家臣団にも細かく気を使った。

しかし戦によっておのれの地位を築いてきた武闘派の老臣たちには不満だった。

領土を広げ一族郎党に富を配分するには、久政の消極策はなまぬるく映った。

「腕が鈍るわ」

雨森が毒づいた。

戦こそ生きがいというのが、戦国の世であった。

城内の不調和音を察知した近江《おうみ》南の武将六角義賢《ろっかくよしかた》は、浅井の前線基地久徳城を調略し、その勢いをかって高宮《たかみや》城に攻め込んだ。浅井勢はこの戦で三百騎を失い、さんざん追い立てられて小谷城に逃げ込んだ。

ここは難攻不落の山城である。六角の兵は麓から引き上げたが、稲田を荒らされ、民家を焼かれ、百姓や女子供を奪われた。領主たるもの領民を守るのが義務であり、これは領主の恥だった。

「なんたるだらしなさじゃ」

赤尾が久政を責めれば、

「お前らに覇気がないせいだ。海北、赤尾、そちどもは老いたぞ」

久政は老臣たちをなじった。

久政と重臣たちとの溝はさらに深くなった。

「兵を繰り出すのは、鷹を放つようなものです。大将の指揮如何《いかん》ですべてが決まるのです。先君が指揮をとられておれば、かようなことはござるまいに」

赤尾がいった。

久政は孤立し、酒を飲み、若い妾に溺れた。

以来、浅井は六角に頭を押さえ付けられてきた。

戦国の人々は、侍だけではなく、百姓も商人も生きるか死ぬかの、ぎりぎりのところで暮らしていた。米や作物を奪う戦争もあったので、百姓も武装して自分たちの田畑を守った。敵も味方も略奪に夢中だった。馬、女、米、刀をいかに奪うかが兵たちの最大の関心事だった。留守家族は首を長くして戦利品を待っていた。

領民の権益を守れない領主は、いずれ領民に見放されるのだ。

人間の善悪ではなく、二代目の久政の優しさが戦国には向いていなかった。

よい領主とは戦に強い武将であった。

浅井家の歴史はそう古いものではなかった。

室町時代、この近江は守護大名佐々木氏の領地だった。佐々木氏が六角と京極《きょうごく》に分かれ、北は京極、南は六角が支配した。

戦国の時代になると守護・地頭《じとう》という官制の役職が大きく崩れ出した。百姓が懸命に田畑を耕した結果、富も集積され、百姓のなかから国人《こくじん》とか地侍《じざむらい》という階層が誕生した。新興勢力である。これらの小領主は呼び方もさまざまで、土地によっては名主《なぬし》、地主《じぬし》とも呼んだ。

彼らは農村を直接、支配しているだけに実力があった。

浅井家の初代亮政は、守護大名京極氏の家臣であった。その京極氏に内紛が起こり、その間隙をぬって力を蓄え、そうした地侍を取りまとめ、天文三年には京極氏からこの地域に支配権を委譲されるまでになった。

配下の武将たちは領内に下人や小百姓を抱え、領民は戦時になれば武装して戦場に赴いた。

江北《ごうほく》の兵を率いて旧勢力である江南《ごうなん》の六角と覇を競ってきた。

江北の領地は愛知川《えちがわ》以北六郡であり、石高は約四十万石と推定された。

動員可能な兵力は、いいところ一万であった。

二代目の久政は戦を好まなかった。

弱腰の久政でも江北の武将として君臨できるのは、ひとえに堅固な小谷城を持っているからだった。

先代亮政が精魂込めて小谷城を造ったのだった。

小谷城は現在地でいうと、琵琶湖に面した長浜市、かつての東浅井郡湖北町と浅井町にまたがる山岳である。北陸自動車道から全山の姿を見ることが出来るが、なかに足を踏み入れると規模はきわめて壮大であり、地形を巧みに利用した独特の工夫がこらされ、わが国屈指の山城であることが分かる。

上杉の越後春日山《かすがやま》城、畠山氏の能登七尾《ななお》城、六角氏の近江観音寺《かんのんじ》城、尼子氏の出雲月山富田《がっさんとだ》城と肩を並べるとされてきたが、壮大さでは他を圧している。

立地も素晴らしい。

琵琶湖を眼下に眺め、湖北全体を遠望でき、北国街道が近江と越前を結び、さらには中山道を押さえ、琵琶湖にも近いという要衝の地にあった。

京都にも近く、十分天下を狙える位置にあった。

2

新九郎の住まいは小谷山に大きく食い込んだ清水谷《きよみずだに》にあった。

四季折々の風景が美しかった。

冬は寒いが、雪景色は風雅であった。

有力武将は各地の城や砦と清水谷の屋敷とに交代で住み、上層階級の武士団もここ清水谷に居を構えていた。

浅井家の重臣たちは在所を持つ豪族であり、在所には多くの将兵や農民を抱えていた。たとえば赤尾清綱は伊香郡赤尾の城主であり、小谷城の一角にも赤尾曲輪《くるわ》を持っていた。

赤尾も村に帰れば「とのさま」であった。

浅井家の戦闘員はこうした村々の百姓であった。

久政があるところで沈黙してしまうのは、軍事力は重臣に握られているせいでもあった。

旗本は一万数千の軍勢のなかで一割強の千数百人に過ぎない。

敵方の六角勢も状況は似たりよったりだった。

琵琶湖周辺の平和は浅井と六角の微妙な軍事バランスによって保たれていた。

浅井は江北を中心に琵琶湖の周囲に数十の出城を持ち、六角氏は江南を中心に、三、四十の出城を持っていた。出城は状況如何で、どちらにも転んだ。そのため人質を取っていたが、それを犠牲にしても寝返るときは寝返った。

「先代が亡くなられてからは、小谷さまも落ちぶれる一方じゃ」

「今度は六角に付いた方がよさそうじゃ」

そんな話も平気で交わされた。

「小谷さま」

この辺では浅井のことをこう呼んできた。

それは浅井家に対する畏敬の念が含まれていた。力のある棟梁の下にいれば、飯も食えるし、出世の道もあった。

力のない棟梁についていては、出世の見込みもないし、下手をすれば六角に滅ぼされてしまう。仕える方も命がけの時代だった。

初代亮政が小谷城に彼らの屋敷を造ったのは、家臣たちの家族を住まわせることで、人質を確保する意味もあった。

「大名ほど割の悪い役回りはない」

久政はよくこぼした。

第一、いつ寝首を掻かれるか分からなかった。

たえず謀反におびえ、不安を打ち消すための戦さえあった。

そうしたなかで、亮政は清水谷を中心に他国の商人を集め、上馬場、下馬場、大谷市場、東本町、本町、茶屋前、馬乗場、鍛冶屋田、堀大屋敷などの町割を造り、侍も武家屋敷に定住させた。これは部下に目が届き、自分の安泰にもつながった。

宗教政策にも力をいれた。徳昌寺、観音寺、知善院、天徳寺などいくつもの寺院を造り、神仏信仰に深い理解を示した。

観音寺はとくに大きく、村人の信仰を一身に集めた。

それらを含めた小谷山は一大城郭都市であった。そこには、人間の暮らしに必要なすべてのものが網羅されており、それゆえにこそ、村落の有力者である小領主は浅井の家臣となり、ここに集まって来るのだった。

そして一旦緩急あるとき、ここに住む人々はもちろん、村々の人々も小谷城に登り、籠城した。

新九郎はこの浅井王国の嫡男であり、何不自由のない若君のはずであったが、内面は違っていた。

『浅井三代記』によれば、新九郎は子供の頃から父と合わず、口答えばかりしていた。

「父上は嫌いでござる」

とまでいった。

父が正室である母を除け者にして、若い妾のところに入り浸り、腑抜けのように見えたことが、子供心に許せなかった。

「母上はそれでいいのですか」

母にも当たった。

反抗を重ねると、いきなり清水谷の明王坊に放り込まれた。おかげで学問に興味を覚えたが、最初は父を恨んだ。

後に義兄弟となりながら訣別し、戦う相手となる織田信長は幼児期から癇癖《かんぺき》が強かった。乳の出の悪い乳母《うば》の乳首を噛みちぎり、乳母たちを恐れさせた。

新九郎には、それほどの癇の強さはなかったが、父の顔を見ると身構えた。

唯一、気が晴れるのは城に登ることだった。急な坂道を登ることは心身の鍛練にもつながった。

城に登るとき新九郎のかたわらには、槍を持った小者を率いた片桐孫右衛門がいた。

「お供を仕ります」

孫右衛門は、いつもそういって一礼した。

この男は実直な人柄で知られる郎党である。

城の麓にはもう一つ須賀谷《すがたに》があり、孫右衛門の家族はそこに住んでいた。

この谷には鉄分を含んだ鉱泉が湧き出ていて、これを沸かした湯治場があった。新九郎はこのお湯が好きでよく通った。そこに案内するのも孫右衛門の役だった。

城内への出入りは厳重をきわめた。

最初の関門は番所である。そこを通ると曲輪が縦一列につながって目の前に現れる。それを登ると御茶屋、御馬屋、馬洗池があり、さらに登ると右手に首据石があった。

等身大の石が、どんとおいてあり、謀反人や極悪な犯罪者の首は、この石の上に晒された。

そこから数段、石段を登ると黒金《くろがね》御門である。

「若君、そう飛び跳ねてはなりません」

孫右衛門は、目を離すとすぐ走り回る新九郎を引き留めるのに懸命だった。

黒金御門をくぐると本丸である。石垣が積まれ何層もの櫓《やぐら》があった。

いつも何百という兵がこの周辺に詰めており、新九郎が顔を出すと、皆頭を下げた。

ときには重臣たちが、評定を行っていることもあった。

新九郎を見つけると、海北や赤尾がいつも寄ってきて、新九郎を囲んだ。

「海北、入道殿の続きを聞かせてもらいたい」

「おうおう、いくらでも聞かせてしんぜようぞ。先代はそれはそれは、立派なお方でござった」

重臣たちは競って先代の話に夢中になるのだった。

それは自分たちの青春の物語であり、新九郎の父久政に対するあてつけでもあった。

昨今の新九郎の興味は、越前朝倉家のことだった。

「どうして亮政入道は朝倉家と手を結ばれたのだ」

そのことを盛んに聞いた。

「先代は朝倉氏に来援を求めて何度も助けられた。それゆえ朝倉家あっての浅井でござる。朝倉殿の居館《いやかた》、越前一乗谷には浅井の屋敷もござる」

海北がいった。浅井と朝倉家とは軍事同盟の関係にあった。

「しかし越前は遠いではないか、いざというとき、間に合わぬ」

「そこがつけめなのでござる」

「なぜじゃ」

「六角がここを攻めたとする。一年でも二年でも我らは戦う。そのとき朝倉の兵が背後から六角を攻め、挟み打ちにするのでござる」

「挟み打ちか、ウフフ」

新九郎が笑った。挟み打ちは子供でも分かる。

「わたしも一度は一乗谷を見たいものだ」

新九郎は好奇心の塊だった。

越前朝倉の地はこの三十年間、戦闘がなく、京都から多くの文化人を迎え、まれに見る繁栄を誇っていた。三国湊《みくに》を基地に日明《にちみん》貿易も行ない、明の青磁や白磁が大量に運び込まれ、ここ小谷城にも送られて来た。

新九郎は越前の話を聞くたびに胸が躍った。

越前の国主は天文二年（一五三三）生まれの朝倉義景《よしかげ》だった。

天文十七年、新九郎が生まれた三年後に十六歳で国主になった。年は十二歳離れていたが、決定的な差ではなかった。

人間とは不思議なもので、朝倉義景の名前を耳にすると、早く会ってみたいと思うのも自然の理だった。

戦国の軍事同盟には近国と遠国の二つがあった。

尾張の織田と三河の松平は近国である。織田と美濃の斎藤もこの型だ。

遠国は浅井と朝倉のように、遠く離れた者同士が手を結び、近隣諸国に圧力をかけ、いざとなれば、挟み打ちして敵をやっつける方法であった。

「若君、さあ、参りましょう」

孫右衛門はせかした。ここから上が大変だった。

本丸の北に中丸があり、その上には京極丸、山王丸など石垣に囲まれた砦があった。敵がこの山の中に攻め込んでも容易に落とせない構造になっていた。

ここからは、きつい斜面になる。

小谷山系の主峰海抜四百九十五メートルの大嶽《おおずく》に向かうのだ。ここにも砦があり、その周辺にも福寿丸、山崎丸などの頑強な砦が配置されていた。

一族の浅井大和守の屋敷もあった。

大嶽からは遠く関ヶ原や賤ヶ岳《しずがたけ》の方角が望まれた。

新九郎はここでいつも大きく息を吸った。

気持ちが大きくなり、天下に羽ばたく自分を夢見た。

大嶽はその後改修され、本丸、二の丸、三の丸を備えた本格的な城郭になる。越前朝倉氏が浅井を応援に来たときは、ここを居城に朝倉の軍勢が立て籠もった。

眼下の山一帯には重臣たちの屋敷が巧妙に配置されていた。重臣たちは自分の砦や要害と交互に住み分けていた。

大嶽の周辺にはカモシカや猪がよく出没した。

新九郎は動物が好きで、「ホーイ」と声を掛けた。

カモシカはキョトンと新九郎を見つめ、一目散に山中に消えて行くのだった。

3

永禄《えいろく》二年（一五五九）正月、新九郎は六角氏の重臣平井加賀守の娘を娶《めと》った。この時期の浅井家は六角氏の配下にあり、六角氏に取り込まれた政略結婚であった。名前も六角義賢の一字を取って賢政《かたまさ》を名乗った。祖父の時代、六角氏は浅井にひざまずいた存在だった。それが父の時代に逆転した。この結婚も父が承諾したものだった。

新九郎の心中は、おだやかではなかった。

娘にはなんの罪もないことだったが、この娘と一生をともにする気はなかった。

「こたびは父上の顔を立てたが、いずれ離縁し、賢政の名も返上してくれるわ」

新九郎が声を荒げた。それは父からの独立宣言でもあった。父は父なりに浅井家存続の道を考え、政略結婚を選んだのだろうが、新九郎にいわせれば、それはとめどなく没落する道であり、六角と戦うべしという重臣たちの声を背景に、新九郎は父とは異なる道を歩もうとしていた。

「ばかな、おまえはまだ何も知らぬ。戦《いくさ》などして何の得があるのだ。それに、これほどの美人が他にいようか」

父はいった。

「江南六角家の老臣平井伊賀守は江南の剛の者で、六角家とも縁者である。この者の姫を養女にして長政と一緒にせんと請われ、平井も同心した。この姫、容顔無双なりと聞きける」

江戸初期にこの地の浄信寺の僧遊山が書いた『浅井三代記』の記述にも美人とある。

久政を暗愚《あんぐ》の武将として描くこの本は、架空話が多く、信憑性に乏しいとされるが、浅井の嫡男の妻ともなれば、それなりの女性であったことは間違いなかろう。

新九郎がどういおうが、久政から見れば息子はまだまだ未熟であった。

生まれつき武将の風貌をしている。性格は温和だが芯は強い。だが戦えば敗れることもある。六角との協調路線の方が、お家は安泰なのだ。久政には久政の考えがあったが、浅井家の流れは異なる方向に走り出していた。

あるとき除け者にされた母がいった。

「新九郎、先代は勇猛果敢な武将でしたが、だからといって先代の子、お前の父が猛将とは限るまい。父上は戦国の世には向かないお方なのです。それを忘れてはなりません」

母は新九郎に強さを求めた。

「おれは湖北の人間じゃ」

父がいったのは、この頃である。江北ではなく、湖北といういい方をした。

湖北という言葉には、どこかわびしいところがあった。

小谷山の辺りはどこも山に囲まれ、その山間《やまあい》に孤村があった。村には老人が多く、寄りそうようにして暮らしていた。

長浜《ながはま》や佐和山《さわやま》の辺りと違って、稲田らしい風景はあまり見られなかった。冬は寒く、雪も多く降った。湖北の琵琶湖はどこも澄んだ水をしていたが、漁業も零細だった。

久政はそんな光景にも、目を留める人間だった。素朴で義理堅く、人情にも厚かった。

近江は律儀で、丁寧な物腰の人が多かった。それは信仰の深さにも関係していた。

近江門徒の存在である。

昔から浄土真宗の信徒が多く、なにごとも阿弥陀如来によって生かしていただいているという思想があった。

中世では僧侶は格式の高い人々であった。橋や道路の修理や整備は勧進《かんじん》によって行なわれていた。勧進上人は橋のたもとや寺社の境内で、「さんせう太夫」などの説教節を語り、信者を増やし金を集めた。

これに加えて小谷城のある湖北は越前衆の影響が強く、一段と古風であった。越前には道元《どうげん》が開いた曹洞宗の本山永平寺《えいへいじ》があり、地侍や名主はこぞって入信した。

近江のなかでも特に信心深いのが湖北だった。

土地柄もあった。

岐阜や美濃などの東海のガラガラした気風と異なり、寂寞《せきばく》とした断崖が続き、凶作と不漁が定期的に襲ってきて、いつも忍従《にんじゅう》な暮らしを強いられる北陸の風土に、どこか似ていた。

久政はこうした気風を強く受け継いでおり、弱い立場の百姓を踏みにじって作物を奪い、娘を凌辱《りょうじょく》し、抵抗する農民を叩き殺す野生の血は持ち合わせていなかった。

だから懇切丁寧に水争いの調停に没頭した。

水については重臣たちも目の色を変えた。自分の領地の水が涸れれば、百姓が蜂起し、上流の村と喧嘩になった。

ついには争いが起こった。

久政は堰を造って琵琶湖の水を引き、百姓たちの水争いに歯止めをかけた。しかし堰の上流と下流では利害は一致するとは限らなかった。

そこをいかに調停するかが大事なことだった。

餅《もち》の井《ゆ》落とし
という祭事もこの頃からはじまった。

これは高時川の堰で行なわれる祭事で、渇水時には上流と下流で争いが絶えなかった。

殺しあいの喧嘩になった。そこで御祭りをすることで、下流に水を流すことを上流の百姓に認めさせたのである。

それはもっとも水が必要な田植えの時期に行なわれた。

「えっさ、えっさ」

下流の百姓三百人ほどが、白装束、白鉢巻に身を固め、陣笠をかぶって「餅の井」に集結する。

上流の百姓も堰に集まって見守るうちに、下流の百姓の代表が、上流の総代に挨拶し、堰をあけて水を分けてもらうのだ。

堰を切り落とすと水は勢いよく下流に流れ出す。このとき、上流の百姓たちはありとあらゆる雑言を下流の百姓たちに浴びせるのだ。

「早く帰れ」

「水どろぼう」

約四、五時間、こうして水は下流に放流され、田植えが出来るのだ。

この四、五時間が大変な争いだった。

上流は一刻も早く終わってもらいたい。下流は出来るだけ遅くしたい。だんだん興奮してくると、ついには乱闘になるのだが、そうなると上流は不利になる。

その間、水は流れたままだ。

そこでお互いにこの辺で、という了解が必要だった。

復旧には約三時間はかかる。それを入れて水を流す時間は四、五時間である。

この祭事が定着してから、むやみやたらに争うことが少なくなった。

「ありがたいことで」

久政は百姓たちに人気があった。

平時なら名君であった。だが、その分、戦の準備は遅れ、せっかく実った稲田を六角に荒らされ、元も子もなくした。

久政の最後の砦は越前朝倉だった。

朝倉の力を借りることで、浅井の存在を内外に示した。

六角も浅井の背後に越前朝倉がいることで、浅井を最後までは攻め切れなかった。

しかし、久政のそのやり方は家臣団には支持されなかった。

「いずれ、余の気持ちが分かるときがくる」

久政はそういって、酒でうさを晴らすしかなかった。


家督はまだ譲られてはいなかったが、新九郎は元服を機に積極的に政事《まつりごと》に口を出した。それは危機感を募らせる反六角の家臣たちの総意でもあった。

ある夜、新九郎のもとに赤尾清綱、浅井玄蕃允《げんばのじょう》、安養寺三郎左衛門尉《あんようじさぶろうさえもんのじょう》、浅井又次郎、木村日向守《ひゅうがのかみ》、中島宗左衛門尉、山田越中入道ら十四、五人の重臣が結集した。

「戦をせぬ棟梁は我らが主君にあらず」

安養寺がいった。

浅井の戦闘集団を仕切る大将である。

「若のもとに我らが結集いたせば、六角ごときに負けるわけがござらん」

老臣の赤尾も声をふるわせた。

「皆とともに六角を攻める。戦じゃ」

新九郎のふくよかな頰に赤みがさした。

「おおッ」

重臣たちの声が小谷の城に響きわたった。

この瞬間、浅井家の棟梁は三代目の新九郎に移った。親子の溝はどこにでもあるものだったが、家臣たちの多くが新九郎に付いた以上、久政は政権の返上を迫られた。

新九郎は「平井の娘とは離別し、六角を攻める」と宣言した。

久政は隠居し、新九郎が浅井家三代目の領主となった。娘を娶って四か月後のこととされている。

この政変がいつあったのか。浅井氏の研究家小和田哲男氏は、永禄二年の四月頃と推定する。

初代亮政の死後、浅井氏は独自で江北を保つことが出来ず、江南の六角氏の庇護下にあったわけで、新九郎は六角氏と手を切ることによって、浅井家の再興をはからんとしたのだった。

名前もこの前後から長政を名乗ったようである。

一説には、信長が桶狭間で大勝利を得、東海一の弓取りになったことにあやかり、長政を名乗ったともいう。信長にこの旨を伝え、快諾の通知があったというのだが、事実かどうかは分からない。

「小谷のこわっぱめッ」

六角は怒った。娘が恥をかかされたと平井も烈火のごとく怒った。

六角は浅井攻撃の兵を挙げた。

こちらが仕掛けた戦である。長政に初陣のときがやって来た。

4

この時代の武将は肖像画を多く残している。

信長は細面で細い髭、いかにも神経質そうである。これに比べ長政の表情は実にふくよかである。色白で体も大きい。人に安心感を与えるおおらかさが全身にあふれている。

もって生まれた大将の器量である。

戦国は群雄割拠の時代だった。

闘争心のない者は確実に破れ去って行き、新しい英雄が次々に台頭した。

奥羽では伊達稙宗《たねむね》、美濃の斎藤道三《どうさん》、周防の大内義隆《よしたか》、さらには北条氏康《うじやす》、毛利元就《もとなり》、武田信玄《しんげん》、上杉謙信《けんしん》、朝倉義景《よしかげ》、三好長慶《ながよし》、松永久秀《ひさひで》、ひとくせも、ふたくせもある男たちが歴史の舞台に登場していた。

長政の決起を知った六角氏は、浅井の支城佐和山城に兵を向けた。

佐和山城は現在の彦根市の北東の穀倉地帯にある出城である。

北国街道と中山道の分岐点米原《まいばら》に近く、琵琶湖に面した地形は、交通上、戦略上、重要な拠点であった。しかもここは浅井と六角の両国の境目にあたり、浅井としては死守すべき出城だった。

負ければ浅井の領土が食いちぎられる。

長政の初戦に浅井の命運がかかった。

佐和山城は標高二百三十三メートルの山頂に、堅固に築かれていた。かつてここは、六角氏の拠点だったが、亮政が占領し、以来、浅井方の宿将百々内蔵助が守っていた。後に石田三成《みつなり》がここに居城を築いている。

三成はここを大改修した。

「三成には過ぎたる城」

といわれたが、関ヶ原で敗れると、徳川方の攻撃を受け、城中の婦女子は断崖から谷に身を投げた。谷からは三日三晩にわたって、死にきれない女の悲鳴が聞こえたという。

「なあに、半年は持ちこたえよう」

赤尾がいうように、百々はびくともしなかった。

「殿、この際、六角を攻めましょうぞ」

安養寺が図面を広げた。

六角氏の居城は安土の繖山《きねがさやま》に築いた観音寺城《かんのんじ》である。近江の穀倉地帯である広大な湖東平野を睥睨《へいげい》し、中山道を押さえ、琵琶湖の内側に君臨していた。

のちに信長が築く安土城《あづち》はこの山続きになる。

一度は敗れた浅井氏を屈従させるまでに成長したのは、この豊かな穀倉地帯が周囲にあるからだった。

「かぎを握るのは、高野瀬秀隆《ひでたか》でござる」

安養寺は高野瀬の城を指した。高野瀬城は、観音寺城の手前にある。

高野瀬は、六角に頭をさげながら必ずしも服従してはいない。浅井の使者が高野瀬に飛び、たちまち口説き落とした。

突如、高野瀬の城に浅井の軍旗がひらめいたとき、六角軍は狼狽した。佐和山城の囲みを解いて観音寺城に逃げ帰った。

浅井と六角はもともと犬猿《けんえん》の仲であった。

六角は浅井を成り上がり者と見た。浅井は六角を時代に取り残された、あわれな奴と見た。

近親憎悪《ぞうお》というやつである。

かくて血みどろの戦いを、何年にもわたって繰り広げてきた。

お互い水と油であった。

もう何度戦ったか、数知れずであった。強腕の先代亮政も初戦のときは、ひどく敗れている。草の谷まで攻め込まれ、家は焼かれ、婦女子は乱取りされ、名刹大吉寺は炎上した。地頭山の決戦では重臣の裏切りによって苦戦に陥り、家臣の井口経元《いのくちつねもと》が身代わりとなって腹を切り、六角軍の検死役の隙をついて脱出し、再起したこともあった。

長政の生母はその井口の娘であり、長政にはもう一人の祖父、井口経元の血も流れていた。


永禄三年（一五六〇）八月中旬、ついに六角との間で大戦争が起こった。

六角は二万五千の兵を率い、浅井の最南端の出城肥田城を攻めた。

長政は一万一千余騎を率いて戦いに臨んだ。

両軍は野良田《のらだ》でぶつかった。

六角の居城、観音寺城から北へ約六キロの地点である。

浅井勢は戦争巧者を先鋒に据えた。

先陣磯野員昌《かずまさ》、二番手阿閉《あつじ》淡路守、三番手大野木《おおのぎ》土佐守、四番手三田村左衛門尉《さえもんのじょう》、五番手野村肥後守と続き、十一番手までの浅井軍の精鋭が野良田に向かって進撃した。

長政の脇に赤尾清綱と海北綱親、雨森弥兵衛尉が付き、前後を旗本馬廻《うままわり》小姓一千五百騎が固めた。雨森は病をおしての出陣だった。

戦場は宇曽川《うそがわ》の周辺であった。彦根の南、荒神山《こうじんやま》の北を通って琵琶湖に流れ込む河川である。六角勢は観音寺城から援軍も到着し、軍旗を林立させた。

浅井軍は二段構えの戦法をとった。伏兵一千余騎を潜ませておき、戦闘の最中に敵の横を突くやりかたである。まず水ぎわに長槍隊が一列に並んだ。敵の騎馬隊に立ち向かう雑兵《ぞうひょう》たちである。

その左右に騎馬武者が列をなした。

これが長政の初陣であった。

絶対に負けられない。

色白の長政の顔に赤みがさした。

「殿、この高まりが浅井の兵を強くいたしますぞ」

赤尾がしわがれ声でいった。

「いずれ敵は渡河いたそう。そこを斬りまくりまする。ご覧あれ」

海北が前方をにらんだ。

二万五千対一万一千といってもこれは、かなりの水ましで、両軍ともに侍はせいぜい千から二千といったところである。

あとは雑兵だった。

戦国時代の兵制は百人の兵士がいたとすると、騎馬武者は十人ぐらいで、あとは戦闘要員の若党、足軽、悴者《かせもの》などの侍、その下に中間《ちゅうげん》、小者《こもの》、下人《げにん》、夫丸《ぶまる》などさまざまな名前でよばれる兵卒がいた。彼らは身分は低いが、武器を持つ戦闘集団であり、もちろん烏合の衆ではなかった。

「殿、戦を忘れると雑兵の力が衰え、勝てなくなるのじゃ。ただし農繁期は決して戦をしてはなりませんぞ。稲刈の時期は休戦でござる」

赤尾がいった。

農繁期は敵、味方とも休戦だった。

短期決戦で勝つ。これが戦の極意だった。

敵が最初に矢を放ってきた。これは突撃の前触れであった。

突然、対岸が動いた。川が躍るような感じだった。

喚声が風に乗って伝わった。

全軍の目が長政に注がれた。

「来たな、戦闘開始じゃッ」

赤尾が軍扇を振り下ろした。一番手の弓隊が矢を放ち、敵が川の真ん中まで来たとき、嵐のような勢いで騎馬隊が川に乗り入れ、二番手、三番手の騎馬隊も川に突っ込んだ。

一番手、二番手の騎馬武者をかわした六角の騎馬隊が堤防に上ってきた。

戦況は一進一退だったが、緒戦は浅井が押しまくられた。

そのさなかに一番手の大将百々内蔵助が、敵の先陣蒲生《がもう》右兵衛太夫の家来に取り囲まれ、首を取られる失態が起こった。これで浅井の先陣は崩れて敗走した。

「退くな、退くなッ」

長政は太刀《たち》を振り上げて叱咤《しった》し、

「かかれーッ」

と声をあげ、自ら旗本一千五百騎を率いて敵中に躍り出た。

敵の太刀が鋭く一閃した。

軍馬がいななき、怒声と罵り合いと、刀槍のぶつかり合う音が河原に響いた。

長政は旗本の先頭に立って斬り進んだ。

「殿、我らにおまかせ下され」

気がつくと赤尾と海北が長政の前に立ちはだかった。

「あれをご覧あれ」

海北が右手を指した。

対岸に渡った一番手と二番手の軍勢は反転して、敵の側面に回って槍を入れると、そこへ高宮城の兵が右手より急襲した。これぞこの日の作戦だった。六角軍は不意をつかれ、たまらず総崩れとなって敗走した。

敵は正面から攻めまくる戦法をとったのに対して、浅井は二段構え、三段構えの手堅い戦法をとって敵を破った。六角勢の死体が辺りに散乱した。

長政は父が奪い取られた村々を取り返し、小谷城に凱旋した。

しかし、戦には犠牲者はつきものだった。

浅井軍は佐和山城主百々内蔵助をはじめ四百余人を失った。

長政は部下たちの死に痛哭《つうこく》した。

「この者たちには、親もいよう。子もいよう。妻もいよう」

長政は領内の僧侶を集め、連日、読経をした。

「ひたすら祈るのです」

母がいった。

この祈りが、浅井の軍団を一つにした。

桶狭間

1

戦国は下克上、乱世であった。

浅井の重臣たちは恐るべき知らせに驚愕した。

清洲《きよす》城主織田信長が、天下の武将今川義元《よしもと》を討ち取ったというのである。

場所は桶狭間《おけはざま》、戦闘の翌日には、小谷城にも伝えられた。

「恐るべき男でござる」

赤尾がうなった。

「信じられぬ」

海北《かいほう》がほえた。

「くわしく戦の模様を調べよ」

長政が命じた。

それは聞きしにまさる神がかりの戦だった。

信長が生まれた尾張は厳しい風土であった。近江は、せいぜい浅井と六角の戦いだったが、尾張は東と北に強大な大名がいた。

東は駿府の今川義元である。

足利《あしかが》将軍家の一門であり、その軍勢は四万とも五万とも豪語していた。実際のところは侍が二、三千騎、雑兵が二万二、三千というところだが、動員する総兵力は強大だった。

北には斎藤道三《どうさん》がいた。

蝮《まむし》の道三といわれる戦国の梟雄《きょうゆう》である。

道三は髪を茶筅髪《ちゃせんがみ》にし、太刀と脇差をわらで巻き、腰のまわりに、瓢簞をぶら下げた信長が気に入った。

初めて会ったとき、信長はお供衆八百を連れ、槍の者には、三間半の朱塗りの五百本の槍、弓、鉄砲の者に五百挺を持たせて現れた。

道三は信長の天性を見抜いた。娘濃姫《のうひめ》との結婚を認めると、周囲がいった。

「婿どのは、大あほう者でござる」

「人がそういうときは、そうではない」

道三はいい、

「そちたちは、あのたわけの家来になること間違いなかろう」

と笑いとばした。

信長の生家は尾張南部に勢力を持つ小さな大名であった。信長は道三の娘を妻にしたので、北は自分の領域になった。

これで生きるメドが立った。

信長は天文三年（一五三四）の生まれなので、このとき二十七歳である。

長政より十一歳上だった。

今川が信長の領地を通り、上洛すると聞いたとき、信長はこれを迎え撃つと宣言した。

五万の大軍とはいえ、大半は雑兵《ぞうひょう》である。

「そこがつけめじゃ」

信長はうそぶいた。

しかし家中は大騒ぎだった。

義元より二日前に出発した先鋒軍は五月十七日には尾張の鳴海《なるみ》に進出し、信長の村々に火を放った。このあと本隊は、清洲に近い沓掛《くつかけ》城に入った。

清洲の城は焦燥が深まっていた。どうすべきか皆が狼狽していた。

「敵は四万でござる。わが方はたかだか三千でござれば、とうてい勝ち目はござらぬ」

老臣たちは嘆いた。この繰り言を聞いていてもラチがあかない。

「それでは、どうするというのじゃ」

信長が甲高い声でいらついた。

「籠城しかございますまい」

「ばかな、三千で籠城してみたところで、どうなるものか」

信長は吐き捨てるようにいった。

「もうよい、そちたちには頼まぬ。わしは討って出て、義元の首をあげん、わしについて来るものだけでよいわッ」

信長は立ち上がった。

年寄の意見をいつまで聞いていても、どうなるものでもなかった。籠城したところで四万の大軍に取り囲まれては、いずれ餓死するのが関の山である。だいたい人の話ほどあてにならないものはなかった。

父信秀《のぶひで》が病に伏したときもそうではないか。坊主どもが散々祈禱し、治癒いたすといったが、父は息を引き取った。葬儀のとき信長は袴も召さずに仏前の前に立った。坊主たちをにらみつけるや、抹香をつかんで、

「くわっ」

と投げつけて、そのまま帰った。そのときのことが脳裏をよぎった。

「人間五十年、下天の内をくらぶれば、夢幻のごとくなり。一度生を得て滅せぬ者のあるべきか」

信長は重臣たちの前で敦盛《あつもり》の舞を舞い、

「法螺貝《ほらがい》を吹け、武具を寄こせ」

と大喝し、出陣した。従う者はわずか六騎である。その後ろから雑兵が二百人ほどはついて来た。重臣たちはあっけに取られて信長を見送った。

信長に成算がなかったわけではなかった。いかにして家臣たちを奮い立たせるか。信長が密かに考えたのは神だのみである。父親の葬儀とはまったく逆の手だった。

「くわっ」

信長は馬に鞭を入れた。信長はまったく信じていなかったが、どれもこれも神事にこだわっていた。人間を加護してくれるのは神や仏であり、この戦に必ず勝利するとお告げがあれば、領民は奮い立って戦場に向かうであろう。

熱田《あつた》神宮に向かい願文《がんもん》を神殿に納め、勝利を祈願すると、白鷺が二羽、飛んで来た。

「あれこそ、大明神がお加護してくださる験《しるし》であるぞ」

信長が叫び、義元の本陣を目指した。これはどうも後世のつくり話のようである。一説には「表が出たらわが勝利疑いなし」といって賽銭《さいせん》をポンと投げた。

「おおう」

喚声が沸いた。賽銭は皆、表を向いていた。実は二枚の銭の表と裏を貼り合わせ、すべて表が出るように仕組んでいたともいう。いかにも信長らしい逸話である。

2

信長の軍勢は次第にふくれていった。三百騎はいた。

沓掛城にある義元の本陣を守るのは、せいぜい五千だという。敵に気づかれずに接近し、一気に襲えば、勝機がある。信長はそう考えた。

老臣たちはことごとく後込《しりご》みしたが、一人簗田《やなだ》出羽守が、

「敵の目をそらせ、その隙をついて本隊を攻めれば、必ずや勝機があるでござろう」

といった。

「うむ」

信長はうなずき、別働隊を鷲津《わしづ》と丸根《まるね》の砦に向けた。敵がそこに気を取られている間に信長の軍勢二千は、義元の本陣に忍び寄る作戦である。義元はまんまと引っ掛かった。

義元は沓掛を出て、尾張の前線基地、松平元康《もとやす》が守る大高《おおたか》城をめざし、行軍を開始

した。

元康はのちの徳川家康である。待てど暮らせど主君の義元は、来なかったことになる。

昼時になったので義元は桶狭間《おけはざま》で休憩した。いまの愛知県豊明市にある緑に囲まれた小さな盆地である。名古屋市説もある。

わずかの供回りしかいない。

忍びの者から報告を受けた信長は小躍りした。

「ばかめ義元、簗田、そちのいう通りじゃ」

信長の顔がほころんだ。馬を止めた信長は皆に大音声で下知した。

「今川の本隊は桶狭間である。山かげから一気に攻めて義元の首を取る。他の者にはかまうな。義元の首であるッ」

信長の気迫に将兵たちは奮い立った。

桶狭間に迫ったとき、にわかに天候が崩れた。雷が鳴って土砂降りの夕立である。

石や氷を敵の本陣に投げ付けるような勢いである。

「こたびの戦いは、熱田大明神の神軍《かみいくさ》であるぞよ」

信長の近従服部小平太が叫んだ。義元の本隊は雨を避けるために、バラバラになって木立ちの下に入って雨を避けた。

大雨がおさまりかけたその瞬間だった。

「かかれッ」

信長は絶叫するや自ら先頭に立って桶狭間を急襲した。土地は低く入り組んでいて、草木が茂り、深田があってかなりの難所だった。槍をかかえた騎馬隊が水しぶきをあげながら、怒濤のように義元の旗本めがけて突っ込んだ。深田にはまって転倒する馬もあった。

「勝った」と信長は思った。

敵は迫り来る信長の軍団に驚き、あわてふためき、雑兵は逃げ出し、旗本のあたりに弓、槍、鉄砲が散乱した。深田に足を取られ泥のなかを這いずり回る敵兵もいた。

義元を守る兵はわずかに三百に過ぎない。ぐるりと輪になって義元を守っている。こちらは三千、信長の軍勢は相手をのんで一気に斬り込んだ。

信長も馬を下り、鬼神のごとく斬り込むと、若武者たちは先を競って敵を突き倒し、斬り伏せ、義元の周辺に死人の山を築いた。

義元に真っ先に迫ったのは近従の小平太だった。長柄の槍を突き出したが、義元に膝口を斬られて昏倒した。

義元が肩で息をしたそのとき、毛利新介が義元を斬り伏せ、首を取った。

信長は逃げる敵は追わず、義元の首を馬の先にかかげ、意気揚々と清洲城に引き揚げた。

3

片桐孫右衛門、藤堂源助、遠藤喜右衛門らが小谷城に戻ったのは、それから数日後のことであった。

「いや見事な戦でござった。鬼人のごとき早業でござった」

源助がいった。

この男、浅井軍の先鋒磯野隊に所属する槍の名手である。

与吉という元気な男の子がいた。まだ子供だったが体は大きく、武家屋敷では評判の悪餓鬼で、「源助のこわっぱ」といえば知らない者がいないほどである。

上役の子弟は皆、泣かされ、源助はいつも謝っていた。この息子、姉川の合戦で一番槍を果たし、長政から感状を受ける。後年、藤堂高虎《たかとら》を名乗り、秀吉、家康に仕え、今治二十万石の城主になった。

孫右衛門にも同じ年ごろの息子助作がいた。この子はおとなしく、もっぱらいじめられていた。後の片桐且元《かつもと》である。やはり家康に仕え、豊臣家と徳川家の和解に奔走するなどの政治力を発揮した。

悪餓鬼の親だけに源助も若いころは気が荒く、殴り倒された男が何人もいる。

「重臣たちはことごとく反対したそうにございますが、信長公はわずか数騎で、出陣なさったそうにござる。やはり若さがなければ、戦には勝てぬということでござるか」

源助は赤尾や海北の方を見やった。

「そちのいい分では、信長ひとりで勝ったような話だが、そうではあるまい。孫右衛門、どうであったのか」

赤尾が聞いた。孫右衛門は慎重な男である。

「信長公につきがあり、義元公は不運であったとお察しします」

「うんうん、そういうことじゃゃな」

海北がうなずいた。

「しかし、今川義元ともあろう方が、なぜ、桶狭間で命を落としたのか」

海北は解《げ》せぬ顔である。

「油断でございましょう」

孫右衛門がいった。まさしくそれは油断であり、奢《おご》りであった。信長の兵は三千である、こちらは数倍の兵を抱えている。負けるはずはない。それが油断であり、わずか三百そこらの兵だけで歩いてしまった。

「これで尾張の情勢はかわりましたな、殿。信長といかに付き合うかが、思案のしどころでござる」

　赤尾が難しい顔でいった。

　このとき黙っていた喜右衛門が顔をあげ、

「おそれながら」

といった。

「いまごろ、なにごとだ」

　赤尾がいった。喜右衛門は一言も喋らず沈黙していた。

「それでは申しあげます。織田信長は、恐ろしき男ゆえ、ひとつ間違えば、お家の一大事になるやもしれません」

　喜右衛門は、そういってじっと頭を下げた。

「ばかな、家格が違う。浅井は守護大名の流れをくむ家柄じゃ」

　赤尾が歯牙《しが》にもかけぬいい方をした。

「喜右衛門の言葉にも聞く耳もたねばならぬ。赤尾どの」

　海北がいった。

「うむ」

　長政は腕を組んで黙った。浅井が信長とどう手を組むか、近隣の大名は見ておろう。六角が信長と組むようなことがあっては、由々しき事態になる。

長政はふうーと肩で息をした。

「よく考えることに致す」

長政はそういって重臣たちを見渡した。正直なところ、長政は胸のときめきを覚えた。

この時代を生きてゆくためには、同盟を強化することだった。

越前朝倉との同盟関係はゆるぎないが、信長のような電撃作戦をとる武将がそばにいては、おちおち安心して眠ることも出来ない。

長政は一人になって思案した。


本丸で黙考していた長政に父久政から使いがあった。

「来られたし」という。

久政は小谷城の小丸に住んでいる。長政とて同じ心境だった。

自分が政務に就いて見ると、父の苦労が分かった。やはり親身になって自分のことを考えているのは親であった。

長政が顔を出すと、久政の喜びようはなかった。

信長のことは父の耳にも入っていた。そのことで呼んだに違いなかった。

「信長のこと、どう考えるか」

久政が聞いた。

「いずれ手を結ぶこと、考えねばなりますまい」

「気性の激しい男じゃそうだ。気をつけねばならん」

久政がつぶやいた。

「なぜでござるか」

「あれは、かぶき者だ」

「それは、どのような意味でござるや」

「世のなか斜めに見る男だ。婆娑羅《ばさら》ともいう。それだけに恐ろしい」

久政は信長を褒めることはしなかった。

若者の異様な風袋《ふうたい》はなにも信長の編み出したものではなかった。

都では以前から大流行《おおはやり》していた。それが婆娑羅であった。

「近日、婆娑羅と号して、もっぱら過差《かさ》を好み、綾羅錦繍《りょうらきんしゅう》、精巧銀剣、風流服飾、目を驚かさざるはなし。すこぶる物狂いというべきか」

と伝わっていた。何度も禁止令が出たが都の若者たちは、熱に浮かされたように南蛮渡来の衣服などを着込み、道を傍若無人に歩きまわり、女をみれば卑猥な声をかけた。規則にとらわれずに、気のむくままに生きようというのである。

都の町は荒れ放題で関白の屋敷に夜盗が入り、禁裏《きんり》は窮乏のあまり野犬の棲家となり、夜ごと火事が起こり、神社仏閣が焼け、土一揆《どいっき》が頻繁に起こり、彗星《すいせい》が怪しい光を放って夜空に流れた。

「信長は異様な星のもとに生まれてきた男だ」

久政の顔は厳しかった。

長政はこの小谷城に生まれ、ここで育ったので、ある意味では世間知らずであった。一度、戦に勝ったからといって、世のなかを甘く見てはならぬ、そのようなことを久政はくどくどといった。

「信長にだまされるな」

という言葉を何度も口にした。

「しかし、織田家と六角が手を結べば、この浅井家はどうなるでござろうや。婆娑羅にも古きものを打ち砕く、熱気がございます」

「それが、そちの甘さよ」

久政の口の辺りがピクピクと動いた。

「わが浅井家が頼りにすべきは、越前朝倉である。そのことを忘れるでない」

久政の顔はますます怖くなった。都が荒れすさぶのと、信長とはどうからむのであろうか。

「婆娑羅は国を滅ぼす、そのことをいいたかった」

久政がつぶやいた。

「いや、信長公はその婆娑羅の世を、変えんとしているやもしれませんぞ」

長政がいい返した。

「そのことも知らぬわけではない。一度、上洛しておるが、そうたやすくはない。越後には謙信、甲斐には信玄がおる。天皇がどう動くのか、足利将軍がなにを考えておるのか、すべては闇のなかだ。信長ごときに何ができようぞ」

久政は立ち上がって縁に出た。

秋の光がさんさんとふり注いでいた。

長政はそんな父の後ろ姿を凝視した。

父はもう世のなかが見えぬ。越後も甲斐も都からは遠いではないか。越前も同じだ。信長は違う。目と鼻の先ではないか。長政は思った。

外は心地よい風が吹いていた。

この山から見る近江の土地は、のどかであった。ここに立つと戦も婆娑羅も、どこか遠い世界の出来事に思えた。

血生臭い戦場の臭いはどこにもない。だが、それは見た目であって、ついこの間も血で血を洗う戦があったのだ。いつまた戦場となるか分からない。しかし、父上はこの世の現実を見まいとしている。

長政はそれだけに、自分の責任の重さを感じた。

久政はふたたび口を開いた。

「都には鬼がいる、蛇もいる。お前はまだ、そこでは生きることは難しい。しかし越前は別だ。あそこは浄土だ」

久政は目を輝かせて越前の方角に見入った。

また越前か。

長政は父とはかみあわぬものを改めて感じた。

「仏だ、三千体はあろう。まるで後光が差すようだ。永平寺《えいへいじ》も門徒は諸国に満ちておる」

久政はいい、念仏を唱えるような口調で仏像を並べた。

阿弥陀如来
釈迦如来
阿弥陀三尊
地蔵菩薩
久政の表情は恍惚感にあふれ、自分の言葉に酔いしれているようであった。

久政は目を見開いて長政にいった。

「越前とのこと、亮政入道の遺言であるぞ、いかなることがあっても越前を裏切ってはならぬ。越前あっての浅井であることを忘れるでない。もうひとつ、いっておきたいことがある。それは一向宗だ。お前も知っての通り、この近江は一向宗が強い。本願寺の顕如《けんにょ》上人が一声かければ、人は皆立ち上がる。これを味方にしなければならぬ。寺をおろそかにしてはならぬ」

そういうや酒を運ばせ、鼓を打ち、舞を舞った。

そこには浅井家の優雅なたたずまいがあった。

妾たちが、うっとりしたまなざしで、久政に見入った。

長政は疲れた。退屈であった。

こういう内向きの世界から開放されたかった。

「よきお話を聞かせていただいた。今日はこれから湯の谷に参ります」

長政は待たせていた片桐孫右衛門、藤堂源助、遠藤喜右衛門らと山を下った。

「今日はゆっくりと風呂に入りたいぞ」

「はい、お察し致します」

孫右衛門がうなずいた。

「ほい、ほい、ほい」

源助は弾みをつけて山道を下った。

長政はここ須賀谷《すがたに》の湯が大好きだった。鉄分を含んだ鉱泉は熱からず温《ぬる》からず、湯の具合がまたよかった。大きな露天風呂もあって、ここから見上げる小谷城は格別である。これからボツボツ紅葉が始まる。

　全山が燃えるような赤に染まる。

　長政は大柄で肉付きがいい。見事な肉体美である。

「殿、ここは極楽でござる」

　源助は大きい一物をぶら下げて、大きな声でしゃべった。

「父上ッ」

　源助のこわっぱが飛び込んできた。

「なんでここにいる、衛兵はなにをしておる」

「お前の息子はこの界わいで、知らぬ者はおらぬそうではないか。顔がきくのであろう」

「申し訳ございません、誰と来たんだ」

「母上と一緒だ」

「そうか、殿様だ、頭を下げろ」

　源助が息子の頭を叩いた。

「痛えッ、何すんだ。殿様、与吉でございます。父上を折檻してくだされ。いつも頭を叩くのでございます」

「そうか、しかしお前は、よその子を叩くそうではないか」

「それはその、悪い奴らだからでございます」

「源助、与吉はお前にそっくりだぞ。相手が皆悪い」

長政は笑った。

「参りました、さっさと出て行け」

源助が怒鳴った。

与吉は素っ裸のまま、母親のところに飛んで行った。

ここは領民にも開放しており、村々から男も女もここに来ては、温泉気分に浸っていた。

湯治場の周辺には商人が軒を並べ、食い物の店もあり、ゆっくりと過ごすことが出来た。民の幸せそうな顔を見ることは嬉しかった。この界わいの美しい娘たちも湯女《ゆな》として働いていた。

「殿、ときにはこの女子《おなご》どもをはべらせて深く抱き締め、英気を養わねばなりませんぞ」

源助がいった。

「そのようなことを申すな」

「そこが殿の悪いところでござる。この娘たちは、皆、殿の背中を流すために参っているのですぞ」

「女子は何人もおる。女子は、争いのたねになる。孫右衛門、源助の口を押さえてくれ」

「はい、さりながら源助の歯は尖っておりまして、噛み付かれると指がもげます」

「そうか」

長政は孫右衛門の生真面目ないい方がおかしくて、またも笑った。

「喜右衛門、そちは信長が怖いのか。それほど臆病とは思わなかった」

源助が喜右衛門に矛先《ほこさき》を向けた。

「そう取られるのは心外だ。殿のご命令であれば、信長の首を討つなどたやすいことだ」

喜右衛門はむっとした。

「なんだ大きく出たではないか。それなら、おじけづいたようなことはいうな」

「おじけなどついてはおらぬ、ただあの男は尋常にあらずと見たまでだ。夢枕にそう立ったのだ」

「夢枕にのう」

今度は孫右衛門が感心した顔をした。

「もうよい、せっかくの湯が台なしになるぞ」

長政が話を遮った。

「喜右衛門、もう堂々めぐりの話はやめじゃ」

源助がいった。

お湯から上がると長政は、この界わいを散策した。

村人にも気軽に声をかけた。

「若殿様だ」

老婆が道端にひれ伏した。

「そのようなことをせずともよい」

と長政が言葉をかけた。

4

この頃、信長はしきりに浅井のことを考えていた。

おれはいずれ天下を取る。

近江にも足場が欲しい、とすれば手を組むのは六角か浅井だ。

どちらとなれば、小谷城を持つ浅井であろう。

長政はなかなかいい男らしい。六角と手を切り戦ったところがいい。

猿に調べさせよう。この男はすばしこい。話もたしかだ。

信長は藤吉郎《とうきちろう》（後の豊臣秀吉）を呼んだ。

「猿、浅井長政のこと、早急《さっきゅう》にさぐれ」

「はい」

藤吉郎はその一言で仲間の一若《いちわか》や手下をつれ、すぐに近江に潜入した。なぜ調べるのか、おおかた察しはついていた。手を結ぶのであろう。

「悪い話はきかねえぜ」

一若がいった。一向宗の門徒からも評判はよかった。父親の久政はひ弱だったが、領民のために水を引き、地味な努力をしていた。わるい男ではない。

藤吉郎の調べは鼠の穴にまで及んだ。

支城は館も入れると二百もあった。

磯野氏の佐和山城はもっとも大きく、以下箕浦《みのうら》城、海津城、伊黒城、永田城、赤尾城、井口城、安養寺館、海北館とくまなく砦があった。

小谷城の構造も徹底調査をした。山城の要所要所には重臣の屋敷があったが、平時は自分の城や館に戻っており、必要に応じて登城していた。家臣団は村々に住んでいて、狼煙《のろし》が上がると駆け付ける仕組みである。

姉川、天野川の流域は豊かで、灌漑もよく施され、穀倉地帯であった。従ってこの周辺の領主は戦を嫌っていた。戦になれば農作業に支障を来すからである。湖水に面した村々は漁業のほかに、船運、油実や綿の栽培を行なっていた。廻船業者もいた。

将来、湖の辺りに新しく商人の町もつくれそうであった。織田家にとっては願ったり、かなったりであった。藤吉郎が詳細な書き付けをつくり、信長に報告した。

「浅井家はまとまっており、四十万石と申しておりますが、五十万石、いや六十万石は下らぬ土地かと存じます」

「うむ」

「城は堅固、人心も摑んでおりますが、長政の周辺を固めるのは老臣が多く、近習《きんじゅう》や馬廻に人がおりません」

「それは気の毒じゃ。朝倉との関係はどうだ」

「久政は朝倉を頼りにしておりますが、長政はそうでもない様子にございます」

「そうか。よく調べたが、肝心なことが抜けておる」

「はい」

「女子のことだ。長政には何人、側室がおる、子はどうじゃ」

「はっ、側女は何人かおるそうでございます。子はおりません」

「おらぬか」

　信長がしきりにうなずいた。


　そこからの信長の動きは早かった。

　信長は美濃四人衆の一人、不破光治《ふわみつはる》が浅井の重臣安養寺三郎左衛門尉と懇意なことを知るや、光治を小谷城に上らせ、久政と長政に会わせた。

「長政殿、信長公の妹君お市《いち》の方を、嫁にもらってはいただけぬか」

　光治がずばり切り出した。それは突然の申し出であった。

「縁組がなれば、織田家と浅井家は縁者でござる」

　光治はいい、

「ともに力を合わせて六角を打ち、天下のことは、二人で取り決めんと信長公は申しております る」

　といった。

「さりながら当家は越前朝倉家と昵懇《じっこん》でござれば」

　久政が顔色を変えた。

「それはご心配にはおよばぬ。こちらと縁を結べば、織田家も朝倉家の縁続きになる」

　光治はそういい、

「朝倉を攻めぬと信長公との間で誓詞を取り交わそう」

といって笑みを浮かべた。

長政はときめきを覚えた。あの信長と縁続きになれば、浅井の名も一段と高くなる。

「異存はござらぬ」

長政がいった。

「これは長政の一存では参らぬ。時間を下され」

久政がいい、不承不承、重臣たちを集めて協議した。重臣たちは激論の末に長政を支持した。

信長はいずれ近江に出てこよう。そのとき六角がどう出るのか。六角が信長と手を結べば、浅井は織田と六角の連合軍に攻められよう。

負けるとは思わぬが、この小谷の山に閉じ込められ、身動きがつかなくなる。そのとき、越前が来てくれるのか。来たとして越前の兵は強いのか。信長に勝てるのか。

反対に越前朝倉を敵にまわしたらどうなるか、会合は賛否両論に分かれたが、桶狭間における信長の戦いぶりが、この場を押さえ込んだ。

六角よりも先に浅井が動き、信長と同盟を結ぶことになった。

長政の計算が重臣たちを納得させた。

重臣にとってなにより大事なことは、自分の身の安泰だった。強いところと組めば浅井にも自分にも怪我はなかった。浅井家のためというよりは自分のためだった。

棟梁に陰りが見えれば、棟梁をすげ替えするのに、さほどの抵抗はなかった。

「生きるか、死ぬかじゃ」

本音は冷たいものだった。

浅井家から安養寺と河毛次郎左衛門尉、中島宗左衛門尉が岐阜城に信長を訪ねた。

「同盟の件、ありがたくお受け致す。縁組もお受け致す。ついては浅井と越前の朝倉には子細があるので、越前の国にはお構いくださらぬように」

と三人がお願いすると信長は、

「もっともなことだ」

と述べた。

翌年、信長の妹お市の方が岐阜の城から輿入れした。

長政二十歳、お市十八歳であった。

お市の方を正室に迎えたことで、長政は信長の義弟になった。

これほど強い絆はない。

長政はお市を得たことで、一躍天下に注目される存在になった。これで六角は風前の灯であり、浅井対六角の戦も浅井の勝利に帰すことは確実であった。

小谷の城ではお市を迎え、連日連夜の祝宴が開かれ、浅井家のいやさかを祈った。

ときに永禄七年（一五六四）であった。

この結婚の時期について、実はさまざまな説がある。

これは『浅井三代記』によるが『川角太閤記《かわすみたいこうき》』では永禄四年であり、ほかに永禄十年暮れから十一年春という説もある。永禄十年以降説の根拠は長政の書簡である。

「尾張守に書状をもって申し候」

という信長の側近市橋伝左衛門《でんざえもん》に宛てた長政の書簡が見つかったことに始まる。

長政はこの書簡で、市橋に信長への執り成しを依頼し、信長に太刀一腰、馬一疋を贈るとしたためている。この書簡には年号がないが、信長が尾張守を名乗ったのは、永禄九年九月から十一年八月までの二年間なので、この間の書簡と考え、信長と長政の付き合いは、このときに始まるというのである。

となれば、お市との結婚はその後になる。

これだとお市の年齢は数え二十一歳になり、小谷城が落ちたとき十歳だという嫡男万福丸《まんぷくまる》は側室の子供になる。加えて二十一歳は当時としては遅すぎる年齢であり、地元の人々は、これは信用出来ない、やはり結婚は永禄七年だと主張する。

それ以降だと信長は美濃も統一し、浅井など蹴散らすだけの力を持っており、わざわざお市を人質同然の形で浅井に出す必要はないと主張するのである。

長政を書く場合、これが難しい問題になる。

それぞれの立場で、想像や推理をめぐらせ、どちらかに決めなければならない。ここでは従来の永禄七年説を採ったが、これも決定的な証拠があるわけではない。

「光治、こたびのそちの働き、褒めてつかわす」

信長は不破光治に感状を与えた。後に光治は信長の家臣になっている。

桶狭間で天下に存在を示した信長だったが、美濃には斎藤龍興《たつおき》もあり、美濃の平定は容易ではない時期だった。一国でも多く同盟を結びたかった。

信長は一夜、藤吉郎を呼んだ。

藤吉郎はその後も浅井の動きを追っていた。

「お市の方は、仲むつまじく暮らしております」

「そうか」

信長はお市の方の話を聞くと、いつも上機嫌だった。

「長政も可愛い奴よのう」

信長は嬉しそうに杯を傾けた。

これで近江が手に入ったも同然であった。

上洛する折り、早晩、六角を攻めねばならない。六角の居城、観音寺は地の利に恵まれており、都の入り口に位置する。琵琶湖水運の物資の集積地である。

これにくらべ浅井の居城小谷城は湖北に片寄りすぎていて、不便この上もない。山城としては優れておるが、商人を集めるのは困難だ。これからの時代は商売である。

いずれ観音寺を占領して長政に与えよう。

信長はあれこれ思いを巡らせ、いい気分だった。

お市

1

長政はお市を得たことで、満ち足りた日々を過ごしていた。

お市は瓜ざね顔の、水もしたたる美しい容姿であった。

信長には、男子十一人、女子十三人の兄弟姉妹がいたとされるが、定かではない。

お市は五女で、女たちは皆、大名家に嫁いでいた。

信長は同腹ということもあって、お市を一番可愛がっていた。

美貌の上にやさしい性格だった。

同じ親から生まれたのに、どうしてこうも違うのかという思いだった。

本当は近くに置きたかったが、天下を狙う上で近江が最重要な地点であり、むろん政略結婚ではあるが、浅井ならば家柄といい風格といい、申し分なかった。

しかし、お市が浅井に嫁ぐことが知れわたるや、家臣団になんともいえぬ衝撃が起こった。ひそかにお市に思いを寄せていた男が、何人もいたのである。

柴田勝家《かついえ》は、そのさいたるものだった。

「浅井をぶっ殺してやる」

と泥酔して暴れたとあとで聞いた。

「いい年をして、なにをほざくか」

信長は一笑に付したが、意外にこういうものは尾を引く。

お市はそんなことは知らない。

長政は毎晩、お市を抱き締めて寝た。それは人もうらやむ仲のよさだった。

お市は間もなく懐妊した。

すべてが順風満帆《まんぱん》だった。

「兄さまは気性の荒い方と思われておりますが、わたくしには優しい方でした」

お市が信長について話した最初の言葉が、これだった。

「兄と妹は仲がいいものよのう」

長政はいった。

自分たちも、なるべく多くの子供を儲け、子供にも兄弟の愛を味わわせたいと思った。自分とお市の子供であれば、天下国家は取らなくても、領民には慕われる子が誕生するような気がした。

「人は政略結婚と申すでしょうが、浅井に嫁いだからには、わたくしは浅井の妻です。私の家はこの小谷の城です」

お市はそうもいった。

見るからに激しい息づかいの兄信長に比べると、妹のお市はしとやかで優しかった。抱き締めたとき、お市の唇から漏れるかすかな声は、糸を切りさくような歓喜の喜びがあり、清水谷や三の丸の側室のところには足が遠のいてしまい、抱く気がうせていた。

男というものは、一人の女性に夢中になると、まわりが見えなくなってしまうものであった。

父久政はしばらくは不機嫌だった。

いつも越前朝倉のことを気にしていた。

先代亮政の時代は朝倉と敵対関係にあり、朝倉が六角と組んで小谷城を攻めたことすらあった。それを工作して浅井・朝倉の同盟結成に持ち込んだのは、ほかならぬ久政だった。

だから織田との同盟は、気乗りしなかったが、押し込められるような感じで、無理やり承諾させられた。相手が破竹の勢いの信長ということもあった。

久政の妾はそれを知っているので、お市につらく当たった。

「化粧がこいわ」

「つんとすましていて、お高くとまっているわ」

久政の若い妾たちが、つまらぬことをあれこれいった。

「織田は成り上がり者じゃ」

久政は真《ま》に受けて陰口を叩いた。

長政はそういう、こまごました人の心理は、あまり読めないタイプであった。

長政とお市はいっそう仲むつまじく、新婚の気分が続いていた。


小谷城はいつも、そよそよと風が吹いていた。

琵琶湖が遠くにかすんで見え、背後には山並みが重なり、それが絶景であった。

お市の体は腹がせり出し、歩くのも窮屈になっていた。

懐妊の知らせは岐阜の兄のもとにも届けてあり、先ほどは岐阜から、藤や蘭などさまざまな草花や扇子の絵に金糸で刺繍を施した小袖が届いたが、そのなかに安産のお守りもあった。兄信長は意外に神経がこまやかであった。

はじめての子供は男子であった。

万福丸は丸々と太り、よく乳を飲んだ。

月日は矢のように流れた。

永禄十年、お市はめでたく長女を産んだ。これには異論もあり、定かではない。

茶々《ちゃちゃ》である。

「かわいいのう」

長政は毎朝、茶々を抱き上げ、頬ずりするのが日課だった。

茶々こそ、木下藤吉郎、後の豊臣秀吉の側室となる淀殿《よどどの》である。

その頃、あちこちで、ざわめきが起こっていた。

天下統一を狙う男たちの雄叫びや策謀であった。

2

「越前からの使者だ」

長政が短くいった。

お市は兄信長が越前朝倉氏を快く思っていないことを知っており、心がざわめいた。

「なにかしら」

お市が聞いた。

「足利義昭《あしかがよしあき》どのからの使いだ」

長政がいったので、お市は安堵した。兄信長は足利義昭と以前から接触があるようだった。

女が政事《まつりごと》に口を出すとろくなことがない、と兄信長がいっていたので、お市は兄のいいつけを守り、それ以上は口をつぐんだ。

足利将軍——。

この名前は、それなりに天下に響いていた。

小谷に使者をよこした足利義昭は、室町将軍義晴《よしはる》の次男である。母は前関白近衛尚《ひさ》通《みち》の女《むすめ》である。生まれたとき足利将軍は没落し、父は流浪の日々である。四歳で奈良興福寺《こうふくじ》一乗院に入り、覚慶《かくけい》を名乗った。

「余は足利将軍である」

覚慶は周囲にそういっていた。

足利家の家紋は白桐と旗や幕につける二引両《にひきりょう》である。

白桐は五月ごろ紫の花をつける。桐の紋は鎌倉時代の末に皇室の紋章のひとつになっていた。それを後醍醐《ごだいご》天皇が足利家に与えた。

二引両は軍事用の幕の紋章である。この幕は五つの布から構成され、中段を白くし、上下の布を黒く染めた。

この紋章が覚慶の脳裏にいつもあり、血をたぎらせた。しかし将軍家を継ぐ道はなく、いずれ興福寺の別当になると思われていたが、突然、事態は急変した。

兄の足利義輝《よしてる》が松永久秀《ひさひで》と三好《みよし》三人衆に暗殺された。

覚慶は足利将軍家の後継者として浮上し、越前の朝倉が早速これに食らいついた。

「越前め、いい気になりおって」

信長がほざいた。

浅井と同盟関係を結んだので、越前朝倉も身内の一つという解釈もありえるが、さほどの実力もないくせに、足利義昭を抱いてことを起こさんという根性が、信長は嫌いだった。

そんな信長の胸中を知るよしもなく、義昭は越前一乗谷で、上洛の日を待っていた。

足利家は自分では何もする力はなかった。

すべて人頼みである。

「しばし待たれよ」

朝倉はそういうだけで、越前に腰をすえたままである。

越前朝倉はどうも上洛の気持ちがないと知るや、越後の上杉謙信、甲斐の武田信玄に書簡を送り、決起をうながしたが、二人は永遠のライバルで戦に明け暮れている。

そこで信長に接近し、浅井にも色目を使った。

父久政は権威に弱い。

義昭の使者を迎えて有頂天だった。

「いずれ浅井は、将軍家をささえることになる」

久政は得意げに胸をはった。

義昭はとうの前に信長にも近づいていた。

「ふん、これはおもしろい。願ってもないこと」

信長の判断はこのときも早かった。

将軍義昭を頂いて堂々と上洛し、前将軍を暗殺した松永久秀と三好三人衆を成敗できるのだ。

「藤吉郎、今度は上洛じゃ」

信長は叫んだ。

都に攻め上らんとする義兄信長と義昭の野望が結び付いた。

猿と呼ばれていた藤吉郎は、このとき信長軍団の足軽大将に抜擢されていた。

美濃攻めの前線基地、墨俣《すのまた》城をたった数日で完成させ、稲葉山城を攻め落とし、美濃の統一に大きく貢献した功績を買われたのだった。

『武功夜話《ぶこうやわ》』に墨俣での藤吉郎の描写がある。

この本の筆者、吉田孫四郎は信長の二男織田信雄《のぶかつ》の家臣、小坂助六の長男である。

孫四郎は信長や秀吉の事跡を克明に記した。

「御大将木下藤吉郎様の当日の出立《いでたち》は、黒革染尾張胴の具足《ぐそく》、猩々緋《しょうじょうひ》の陣羽織を御着用なり。野太刀《のだち》は二尺六寸有余の大太刀ばり。武者ぶりは惣別中背《ちゅうぜ》瘦身《そうしん》の仁躰《にんてい》と御見受け申し候」

とある。これほどの出世は信長に仕えたからであった。

思い起こせば藤吉郎が信長に仕えたのは、天文二十三年（一五五四）のことであった。十三年前のことである。

信長の小者頭、岩巻《がんまく》と一若《いちわか》の推薦で、小者《こもの》として仕官した。小人《こびと》ともいった。使いばしりの雑用である。

猿《さる》と呼ばれた。すばしっこく、ときには歯をむいて怒った。

信長の軍団は実力主義だった。

父信秀から織田家を引き継いだとき、老臣たちはまったく役立たずであった。

桶狭間のときがそうである。信長は老臣たちを切り捨て、尾張の土豪クラスの家の二、三男を近習に取り立て、自分の周りを固めた。

近習とはいわば秘書である。

信長を警護する軍事、警察の仕事である馬廻にも、こうした若者を採用した。

すべて信長の意のままに動く若者たちであり、彼らの士気は高かった。

桶狭間に出陣したとき、真っ先に信長に従ったのは、こうした近習や馬廻の若者たちだった。なかには足軽より下の下人《げにん》もいた。下人の役は主人の馬の轡《くつわ》をとって槍を運ぶ役である。それをいきなり侍の身分に引き上げてしまうのだ。

皆、競って仕事をした。

藤吉郎はこまごました雑用で頭角をあらわした。

人にはいいたくなかったが、尾張国中村郷の百姓の小倅に生まれた藤吉郎は継父になじめず、八歳のときに寺の小僧に出された。しかし、そこに収まっているこわっぱではなかった。寺を飛び出して放浪し、野武士の棟梁蜂須賀《はちすか》小六に拾われて、野盗の群れに混じったこともある。

針売りもした。

そこから遠江《とおとうみ》国頭陀寺《ずだじ》城主の草履取りに出世し、小納戸《こなんど》役にまで上ったが、うつけ者という評判の信長に魅せられ、信長のもとに入り込んだ。

信長はよく生駒《いこま》屋敷に通っていた。

濃姫という正室がいたが、濃姫との間には子もなく、数人の側室がいたが、なかでも寵愛していたのが、生駒屋敷の吉乃《きつの》だった。

墨俣城築城のころに病没したので、もうこの世にはいなかったが、信長との間に三人の子供がいて、仲むつまじい暮らしをしていた。

ほっそりした年上の女性であった。

ある夜、吉乃のもとに通う信長のお供をした。外はしんしんと雪が降っている。藤吉郎は信長の草履をふところに入れて、待ち続けた。これを知った信長が藤吉郎を小者頭に抜擢した。それからの活躍は目を見張った。

「殿さま、藤吉郎は役に立つ男です」

そういってくれた吉乃の一言《ひとこと》も大きかった。奥方に嫌われた部下は、印象が悪かった。

藤吉郎は働いた。

清洲城の修理もあっという間になしとげ、台所の諸経費も三分の一に切り詰めた。人がやらない仕事をこなした。

もう猿という人はいなかった。

3

小谷の城も騒然となってきた。

「殿、昨今、きなくさい匂いがいたしますぞ」

側近の源助がいった。

「同感でござる。なにか浅井家が巻き込まれるような気がしてなりませぬ」

喜右衛門もいった。

「慎重に見守ることでござる」

孫右衛門もいう。

「義兄《あに》信長と足利義昭のことであろう」

長政がいった。

「いかにもそうでござる」

源助が長政をじっと見つめた。

老臣たちも、このことで鳩首《きゅうしゅ》会談をしていた。昨今、長政が若手に囲まれていることが増えると、老臣たちはあれほど嫌っていた久政のところに、入り浸るようになり、政事に嘴《くちばし》を入れ始めた。

緊張が解けると、いいことばかりではなかった。

人間のやることは、せせこましくて、自分勝手で、目先のことにとらわれ、付和雷同し、右往左往するのだった。

「赤尾も海北もボケ始めたぞ」

源助はいいにくいことをずばりといった。ここはすべからく長政を中心にすえ、政事を行なわなければならないのに、一度こけにした久政にすり寄るとは、言語道断の振る舞いだった。

えてしてそういうところから、ほころびが出る。

「捨てておけ。余は余の考えで政事を進める」

長政はいうのだが、源助は異論をはさんだ。

「殿はまだ若君の気分がぬけず、親に頼っているところがござる」

といいにくいことをいい、

「だから隠居したはずの久政公が、頭を持ち上げるのでござる」

とけろりとした顔でいった。

お市にも浅井家のそうした様子が分かってきた。

兄信長であれば、久政を小谷城には置かないだろうし、老臣は即座に首を切り、近習と馬廻で固めるだろう。しかし殿はもって生まれた鷹揚な性格ゆえ、何事も穏便にはかられるのだろうと思った。

言葉や風習も尾張や美濃とは違っていた。

兄信長は、「うつけ者」と人が呼ぶほどだったので、言葉づかいも乱暴だった。

「おれ」「てめえ」と呼び合い、喧嘩になると、

「どだわけッ」

と相手をののしり、蹴飛ばした。

兄が怒ると誰も手を付けられず、兄をいさめるために側近が自刃《じじん》したことさえあっ

たが、そうしたことで、おとなしくなる兄ではなかった。

人の足はひっぱり、金にはせこく、品も悪い尾張や美濃の風土では、兄のやり方が結構認められたのだった。

それに比べると近江の人は丁寧で、陰気なところもあったが、尾張や美濃よりは人がよかった。主人長政はその典型のような人で、兄信長を見て育ったお市にとっては、「こんなやさしい人がいるのだ」と思ったものだった。

蛇足だが、お市は信長の妹ではなく、従姉妹《いとこ》だという説もある。また、さほどの美人ではなかったという説もあるが、ふたつともここでは採《と》らない。

それから間もなく越前一乗谷《いちじょうだに》に向かう信長の使者和田惟政《これまさ》、村井貞勝《さだかつ》、島田秀満《ひでみつ》、不破光治の四人が小谷城を訪れた。

「主人信長公は、天下布武《てんかふぶ》を目指し、上洛致す所存でござれば、浅井家には特段のご支援を願いたい。つきましては我ら越前に参り、義昭公を迎え致す」

光治がいった。

「光治どの、あのとき以来でござるな、御役目ご苦労でござる」

久政、長政親子は使者たちをねぎらい、親しく懇談した。

「兄さまはお元気でおられるか」

お市は織田の家のことを気づかった。

「ますますご壮健にございます」

「それは何よりでございます」

お市の顔がほころんだ。

それから天下布武のことが話題になった。

「兄さまは必ずや、おやりになるお方です」

と、お市がいった。

信長は、お市のことを気にしていた。

「暮し向きはどうか、よく見て参れ」

と光治に命じていた。他の兄弟姉妹には、まるで関心を示さないだけに、家臣たちも不思議に思うほどだった。

その点では、お市も同じだった。

母親が一緒というのは特別のものがあった。

理屈ではない深い感情が、お互いに流れていた。

お市は長政に寄せる愛情と同じぐらいの気くばりを兄に寄せるのだった。

4

「そちたちは越前に参れ」

長政は側近の源助と喜右衛門にいった。

「これは突然のお話で」

源助が驚いて聞いた。

雨森弥兵衛尉、安養寺三郎左衛門尉、河毛次郎左衛門尉、中島宗左衛門尉の供回りとして二人を出すというのだ。安養寺らは父久政の息がかかっている。

「内密の要件もある」

長政がいった。

「足利殿をお迎え致せば、よろしいのでござるか」

「いや、さにあらず。朝倉の力を存分に調べて参れ」

「軍備でございますか」

喜右衛門が尋ねた。

「それもあるが、民の心だ。民は朝倉をしたっておるのか、それを知りたい。近習も何人かつれて参れ」

長政がいった。上坂八郎兵衛尉、寺村小八郎らのことである。

「ありがたき幸せに存じます」

二人が感激の体で、お辞儀をした。

「孫右衛門は残ってもらうぞ。誰もおらなくなっては、わしが困る」

「分かりました」

孫右衛門が一礼した。

長政は早い時期に越前朝倉を訪ねたかった。その地ならしには、またとない機会だった。

朝倉がいればこそ、いまの浅井があることは、十分に承知していた。しかしお市を迎えたことで情勢は大きく変わった。しかし父久政は依然として越前朝倉を頼りにしていた。

自分は織田との同盟に浅井の未来を考えた。いずれこの問題を明確にしなければならなかった。

「近々、わしも参る。その道筋をつけて参れ」

長政がいった。

越前への旅は、のんびりしたものだった。

「海はいいのう」

「でっかいのう」

「向こうはどこじゃ」

「異国じゃ、異国じゃ」

源助と喜右衛門が、八郎兵衛尉と小八郎をつれて敦賀(つるが)の海辺を歩いている。浅井と織田の使者たちの先乗りなので、気は楽だ。道筋には先乗りの先乗りがいて、どこでも、もてなしを受けた。

源助も喜右衛門も人の血筋に、改めて不思議なものを感じた。

これまで浅井と織田は、遠くの方から、うさんくさく見つめ合っていた。いうなれば警戒すべき相手だった。それが縁組みをして、親戚になった。

他人の土地、越前朝倉に双方の使者が来て、気楽になんでも話せるというのは画期的なことであった。

「おぬし、越前をどう思う。海は美しい、しかし、少しのどかすぎはせぬか。おれの性には合わぬ。こんなところに寄越されたらかなわんな」

源助がいった。越前一乗谷には浅井の屋敷があり、家中が常駐していた。

「これから一乗谷に行くのだ。そういういい方はなかろう」

「口は災いのもとか」

「そういうことだ。皆も気をつけるべし」

喜右衛門がいった。

「話は変わるが、浅井は小姑が多すぎるぞ。若殿も親に気を使い、苦労が多い」

源助がいいたいことをいい始めた。

「それもいうな」

「お前は堅すぎる」

源助が喜右衛門をにらんだ。

源助がいいたかったのは、小谷城の中枢が、二極化していることだった。昨今、足利将軍にからんで久政公の鼻息が荒くなり、久政公にすりよる輩がふえたことだった。それはいささか優柔不断な長政公にも責任はあった。

「織田か朝倉か、どっちかに決めてくれ、そういいたいんだ」

源助がいった。

今度の使者も筆頭の雨森は久政公の取次役奏者《そうしゃ》である。

「お主は単純すぎる、これほどの大事を、そう簡単に決められるものか」

喜右衛門はいう。これからどうなるのか、情勢は流動的であった。

「あしたどうなる？　わかるもんか」

源助には、そういうところもある。

喜右衛門は石橋を叩いて渡る男である。

その組み合わせが面白い。

一行は天筒山《てづつやま》、金ヶ崎《かながさき》と朝倉の支城に泊まり、小谷を出てから五日後に朝倉氏の拠点、一乗谷の浅井屋敷に着いた。

浅井殿《あざいどん》――。

と呼ばれるこの屋敷には、十数人の家中が常駐していた。小谷城にも朝倉の家臣が来てはいるが、ここほどの屋敷は持ってはいない。

女子供も来ており、全員、人質といえなくもなかった。

長政の嫡男万福丸も、いずれはこの屋敷に来ることになっていた。

浅井は朝倉に組み込まれていた。

長政はそれに反旗を翻したのだ。

それがどう出るかであった。

「ただいま到着いたしました」

四人は浅井の代表や家中の人々に挨拶した。

誰が代表として、ここに駐在したかの記録は見つかっていない。しかし「浅井殿」という名称から推理すると浅井家の一族、当主に近い人物が赴任していたと想定される。

浅井九郎三郎とか浅井山城守、浅井雅楽助《うたのすけ》、浅井亮親《すけちか》、浅井秀信《ひでのぶ》ら何人かの名前が浮かぶ。一年、あるいは二年という任期で赴任していたのであろう。

このなかには本願寺の文書で出てくる人物もいる。朝倉氏滅亡の直前、朝倉義景と武田信玄、本願寺の顕如との間で「信長討伐」の御内書が取り交わされたが、そのとき、越前駐在の代表が、これに加わったのではないかという推理も成り立つ。

「長政はどうじゃ。よくやっておるか」

「織田からお市を迎えたこと、余は感心せぬ」

越前の駐在からは、のっけから聞きたくない話が出る。

子も生まれたというのに、まだこんなことをいっている。

「朝倉家あっての浅井家である。織田家ではないぞ」

ここの人々はいう。

「もっともでござる」

喜右衛門が相槌を打った。

喜右衛門はなぜか、織田嫌いのところがある。

源助ははっきりと織田である。現実派なので、強い方に付く。

そこが喜右衛門と違うところである。

長政はうまい組み合わせを、送り込んだものである。

四人は屋敷を見て回った。

近くに豪壮な屋敷があった。美濃の斎藤龍興《たつおき》の屋敷である。屋敷の前には幅広い砂利道があり、堀もめぐらされていた。まさに大名屋敷である。近くの安養寺には足利義昭の御所もあった。

名前が御所というだけあって豪壮であった。

信長はこういう振る舞いが、気にいらないのだろう。

斎藤屋敷は、まさに信長への当てつけであった。

「朝倉どのは、よほど信長公が嫌いのようじゃ」

喜右衛門はしたり顔でいった。

龍興は信長を引き立てた美濃の斎藤道三の一族である。道三は長子義龍《よしたつ》に討たれ、その義龍の子が龍興だった。美濃の稲葉山城主だったが、舅の敵を名目に攻め込んだ信長に敗れ、開城して越前朝倉氏に助けを求め、ここで大名級の待遇を受けていた。

浅井殿は斎藤屋敷に近接しており、反信長で盛り上がっていることは容易に察せられた。

「しかし龍興どのに、いまやなんの力もないのだ」

源助が切り捨てた。すると、喜右衛門がキッとした顔になった。

「拙者はそのようなことを、申しているのではない」

「分かっておる。朝倉殿の面倒見のよさであろう」

「いかにも」

「だがな、いまの世は他人の面倒など見ているうちに、おのれがおかしくなるのだ」

「それでは人倫に反する」

「貴殿はいつも正論じゃ」

源助がいい返した。

いい合いにもいささか疲れ、四人は一乗谷のなかに足を運んだ。

そこは足羽川《あすわ》にそった広大な砦であった。まるで海のように広く大きい。小谷の山奥から来ると、すべてが立派に見えた。谷あいの台地には武家屋敷と町屋敷がずらりと並び、まるで京の都のようである。

「これが城かや」

源助はあいた口がふさがらない。

城は小高い山の上にあったが、城下に広がる町並みがすごい。安波賀《あばか》中島、安波賀、城戸《きど》の内《うち》、東新町、西新町、鹿俣《かなまた》、浄教寺《じょうぎょうじ》の七つの村からなっていて、中心は城戸の内だった。

下城戸《しもきど》をくぐると、東に標高四百五十メートルの城山があり、その尾根づたいに本丸、一の丸、二の丸、三の丸があった。

上の方は上城戸である。

土塁はすべて桝形《ますがた》に構築され、城戸の入り口の土塁は見上げるばかりの高さであった。斜面も急で、その上には櫓《やぐら》があり、弓や鉄砲を持った兵士が厳重に警備していた。奥には、いくつもの宏壮な館があった。

「ここは竜宮城でござるな」

源助も肝を奪われた。

一番大きいのは主殿《しゅでん》である。茶室や庭園もあった。

ここは外観を垣間見るだけで、立ち入りは禁止だった。

優雅な京風の美人が散策していた。とても戦国の世とは思えない、のどかさである。

今度は武家屋敷に足を運んだ。幅広い道が南北に走り、土塁に囲まれた屋敷が続いている。重臣の屋敷は壕で囲まれ、神社仏閣、職人や商人の家があちこちに点在していた。

侵入を防ぐ逆茂木《さかもぎ》や柵、塀なども随所にあった。

千坪を超える重臣の屋敷が、いくつもあった。朝倉氏の上級武士団は浅井と同じように各地の領主である。ここのほかに支城や館を持っていた。

筆頭家老の朝倉景鏡《かげあきら》の屋敷は、東西南北を十メートルもの壕と高い土塁に囲まれ、なかには十棟ほどの建物が見えた。

一乗谷川の左岸には町屋があった。

「これは混み合っておるな」

源助が驚いた。道はどこも人の波である。

道端に、ありとあらゆる店が並んでいた。

刀剣の店、飾り金具や鋲《びょう》類の店、長斧《ちょうな》やまさかりの店、鍛冶屋、紺屋、漆職人の店、織物屋、大工、薬屋、書籍を扱う店、将棋を指す店までなんでもあり、どこの店にも客がいた。この通りの人出は切れることがなく、市場には米や野菜、魚、肉、なんでもあった。

「あれはなんだ」

源助が走り出した。

異人街である。

異国の壺や茶碗、飾り物、貴金属などの店が並んでいた。

「こんにちは」

異人が上手に日本語を話すことに仰天した。

町のあちこちに井戸があり、女たちが洗濯をしていた。

こんな町がこの世にあることに、浅井の家臣たちは度肝を抜かれた。

喜右衛門は、ここは人の暮らしの究極の姿かも知れないと思った。しかし、いまは群雄割拠の世のなかである。

弱ければ、攻め滅ぼされる。ここに住んでいれば軟弱になり、いったん敵が攻め込んだ場合、立ち向かえるのか。にわかに不安になった。

しかも、ここには一万人も住んでいるという。

「攻められたら防げないぞ。こわいのは火だ。ここは、たちまち燃えてしまう」

源助がいった。

「ここまでは、攻めて来れぬ仕組みになっているのだ」

喜右衛門がかばった。しかし、それは多分にお世辞だった。

信長ならどこにでも攻め込む。

道端には無数の石塔や石仏があった。喜右衛門は手を合わせながら歩いた。

加賀一向一揆とは、しばしば戦乱を繰り返し、多くの戦死者を出していた。

それを弔うためのようであった。

「ここを攻める男がいたら、そいつは悪魔だ」

喜右衛門は思った。

使者の人々は足利義昭や朝倉家から二晩に及ぶ接待を受け、朝倉氏の兵に守られて近江に向かった。義昭はいったん小谷城で休まれることになっていた。

それから美濃の信長のもとに向かうのだ。

5

お市は足利義昭歓迎の準備に追われていた。

織田家のためにも、最大の歓迎をしなければならなかった。

「殿さま、どのようなご馳走を並べたらよろしいでしょう」

「うん、越前では連日連夜のご馳走であったろう。鯉、鮒など湖の魚でよかろう」

「はい、分かりました」

お市は浮き浮きとした表情で、女たちに指示を出し準備に余念がない。

長政は国境まで兵五百騎を出して待ち受けた。

『浅井日記』の永禄十一年（一五六八）七月十八日の項に義昭の到着が記されている。

「左馬頭《さまのかみ》義昭公、越前より濃州御下向、小谷に御滞留、稚屋形を奉じて、浅井久政、左馬頭義昭公に謁す。ここにおいて三好退治の評定あり」

このように記載されている。

越前国境までは朝倉義景の一族が兵を率いて見送っている。

この日記には、なぜか長政の名前がない。主はあくまでも久政公である。

稚屋形は信長の孫と記載されている。

十九日には不破光治がやって来た。一行は二十五日まで七日間も滞在し、長政もお市も、くたくたに疲れた。

出立の日、長政は兵を率いて義昭公を守り、美濃の国境まで見送り、信長の家臣菅屋九郎右衛門尉、内藤庄助、柴田修理亮に引き継いだ。

二十六日には、信長が岐阜より出迎え、義昭公に拝謁し、義昭はようやく美濃に入った。

「足利将軍から三好退治のご下命があったのだ。長政、兵を都に上らせねばならぬ」

あの日から久政は年がいもなく、張り切った。

「父上はお元気ですこと」

お市がいった。

「年寄の冷や水だ。怪我をせねばよいが」

長政は浮かれてはいなかった。今度のことは義兄信長公が、義昭公を招かれたのであり、浅井は刺身のつまのようなものであった。

にもかかわらず父久政は、はしゃぎ過ぎている。

長政は冷静だった。

長政は一夜、源助や喜右衛門らを慰労した。

「殿様、朝倉の一乗谷は聞きしに勝る城郭でござる。見事というほかは、ございません」

喜右衛門がいった。

言外に浅井は越前朝倉を選ぶべしという印象をにじませた。

「喜右衛門どのは、いたく感心されておったが、拙者はそうは思いませぬ。あの城郭は攻められたら防ぐことは出来ますまい。平時であれば、まことに立派な砦なれど、一度戦になれば、火の海でござろう」

源助がいった。

「それはあるまい。外で食い止めよう」

「いや違う。奇襲作戦に遭い、支城が破れれば、一乗谷は危ない」

二人の意見はどうも合わない。

「まあ、そちたちの意見はそれぞれに、もっともである。源助、朝倉は誰に攻められるというのか」

「それは信長公でござろう。天下布武となれば、目の上の瘤は切り取るでござろう」

「それはあるまい。わが浅井と朝倉は同盟の関係にある。お市の方をお迎えするに当たり、殿は念を押されておるではないか」

「しかし約束を破るなど、たやすいことでは、ござるまいか」

「殿の前でなにをいうか」

二人はまた始まった。

「もうよい、お前らの意向は分かった。小八郎、そちはどうだ」

長政がいった。

「はい、拙者は殿の家臣にございます。いかなることになろうが、浅井家のために命をささげる所存でござれば」

「拙者も同じでござる」

八郎兵衛尉が大きな声でいった。

「孫右衛門、皆の話を聞いていかがか」

長政は孫右衛門に聞いた。

「むろん、すべて殿のご下命に従うまででござる。たとえ火のなか、水のなか、死ぬ覚悟で突進致す所存」

「そなた、ちと大袈裟であるぞ」

源助が笑った。

「お前は気楽過ぎる」

喜右衛門に笑顔はなかった。

「まあよい、今宵は大いに飲もうではないか。お市をこれへ」

長政は小姓に命じた。

お市が顔を出した。

「皆様ご苦労さまでございました。殿と兄上を助けていただき、お礼を申し上げます」

お市が姿を見せると、座はたちまち華やいだものになり、盛り上がった。

お市には天性の包容力があり、どんな人でも包み込んでしまう暖かさがあった。

「おい、源助どの、そちのこわっぱはまた暴れおったぞ。我が家の息子は頭に瘤をつくってきたぞ」

孫右衛門がいった。源助の息子は相変わらず暴れているようだ。

「またか、すまぬ、すまぬ」

「おほほほ」

お市が鈴のような声で笑った。

「そちのこわっぱは頼もしいのお。わしに預けぬか」

「えっ、本当でございますか」

「むろんだ、のう、お市」

「はい、万福丸の面倒をみてもらいたいわ」

「それはいいことでござる」

「少しはおとなしくなるか」

「おほほほ」

お市がまた笑った。

源助の息子与吉が、ふとした弾みで長政の小姓に取り立てられた。

朝倉攻め

1

足利将軍義昭を抱いて上洛を急ぐ信長は暑い陽ざしのなか、近江の佐和山城に姿を見せた。

六角氏への牽制である。信長は正親町《おおぎまち》天皇から美濃平定を賞する綸旨《りんじ》も賜っており、朝廷にも足場を固めていた。

この日、信長は小姓、馬廻などわずかに二百五十騎という人数で姿を現した。

信長はときおり、こうした大胆不敵な行動に出た。

長政は父久政とともにお迎えした。

「お市は元気か」

信長はすこぶるご機嫌で、長政に一文字宗吉の太刀と、槍百本、具足一領、馬一疋を贈った。久政には黄金五十枚、太刀一振り、佐和山城主の磯野員昌《かずまさ》には銀三十枚、太刀一振り、馬一疋、三田村左衛門尉《さえもんのじょう》、大野木茂俊《しげとし》、浅井玄蕃允《げんばのじょう》らにも太刀を贈った。

浅井の重臣も世代交替が進んでいた。久政に仕えた海北綱親《かいほうつなちか》、赤尾清綱《きよつな》、雨森弥《や》兵衛尉《ひょうえのじょう》の「海赤雨」らは一線を退き、員昌ら四人が実力者として台頭していた。

「まことにありがとうござる」

長政が厚く礼を述べた。

翌日にはお市も佐和山城に入り、親しく兄信長と語り合った。

「長政は義をわきまえた男じゃ。大事に仕えよ」

信長はお市にいった。

信長は鷹揚《おうよう》な風貌の長政を気に入っており、義弟として信頼した。

近江に絆の深い弟が出来た。信長はそう思っていた。それがわずかな馬廻だけで関ヶ原を越え、佐和山に来た理由だった。

お前を信じているという信長の意思表示だった。そのことは長政にもよく分かった。

お市も嬉しかった。この夜、信長は上洛について自分の考えを語り、六角にも上洛の兵を割り当てるが、拒む場合は討ち果たすといった。

長政は浅井家に伝わる備前兼光の名刀や近江綿、布、月毛の馬を信長に贈呈した。

二日目の夜、信長は柏原の常菩提院に宿泊することになり、長政は遠藤喜右衛門、浅井縫殿助《ぬいどののすけ》、中島九郎次郎らをおいて帰城した。

夜中に喜右衛門が馬に鞭打って急きょ戻ってきた。

顔が真っ青である。

「いかがしたのか」

「人ばらいをお願い申し上げる」

「誰もおらぬ、どうしたのだ」

「はい、信長公はすっかりご安心めされ、わずかに近習十四、五人とおられます」

「ほかはどうしたのだ」

「馬廻は宿に返しました」

「それで、どうしたというのだ」

「この際、信長公を攻め取るべきかと、そして岐阜に攻め入り、これを占領すべきと存じます」

「どうしたというのだ」

長政はまじまじと喜右衛門を見つめた。

「信長公はいずれ越前を攻め、浅井にも攻め寄せましょうぞ」

「そのようなことはない」

「越前では、誰もがそう申しておりました」

「喜右衛門、頭を冷やせ、考えてもみよ、義兄《あに》を殺せば、余は罪人となる」

「されど、この機会はのがすべきにあらず」

「それは出来ぬ。どのようなことがあっても出来ぬ」

「お市の方には恐縮なれど、ここは私に兵をお貸しください」

喜右衛門は体を震わせていった。

「ならぬ。そのようなことをして美濃を攻めとったところで、浅井もまた同じ運命に遭う。そちは明日、関ヶ原まで義兄をお送りいたせ。それが、そちの務めだ。このことは他言無用、わしも胸にとどめおく」

するると喜右衛門は、はっと我に返ったように真顔になり、

「とんだことを申し上げました」

と頭を畳にすりつけ帰って行った。

長政は妙に、このことが頭に残り、この夜は眠れなかった。


要は義兄の本心はどこにあるか、ということだった。

長政はそれから数日間、義兄のことを考えていた。

「お市、信長公はどのようなお方か」

と聞いた。

「どうしたのですか。兄さまは、きびしいお方ですが、殿にも私にもやさしいお方です。なにかご心配でもあるのですか」

「いや、そうではない」

長政は首をふった。

このところ俄に信長公の人柄について、あれこれいう人が増えていた。

宣教師ルイス・フロイスの信長観は、そうした声を反映していた。

「信長は中ぐらいの背丈で、華奢《きゃしゃ》な体型をしており、髭はすくなく、声は快調で、極度に戦を好み、軍事的習練にいそしみ、名誉心に富み、正義において厳格だった。彼は自らに加えられた侮辱に対しては懲罰せずにはおかなかった。

睡眠は短く早朝に起床した。貪欲《どんよく》ではなく、はなはだ決断を秘め、戦術にはきわめて老練で、非常に性急であり、激昂するが、平素はそうでもなかった。彼はわずかしか、またはほとんどまったく家臣の忠言に従わず、一同からきわめて畏敬されていた。酒は飲まず、食を節し、自らの見解に尊大であった。彼は日本のすべての王侯を軽蔑し、下僚に対するように肩の上から彼らに話をした。そして人々は彼に絶対君主に対するように服従した。

彼はよき理性と明瞭な判断力を持ち、神および仏のいっさいの礼拝、尊崇、ならびにあらゆる異教的占いや迷信的慣習の軽蔑者であった。形だけは当初法華宗に属しているような態度を示したが、後にはすべての偶像を見下げ、霊魂の不滅、来世の賞罰などはないと見なした」

この見方は的確だった。

フロイスが信長をこう分析できたのは、西洋の学問を修めていたためで、当時の日本人にはまったく理解が困難な人物であった。

六角はまだ信長の怖さを知らなかった。信長が三好退治の援軍を求めたが、にべもなく断った。

これを聞いた信長は電光石火の早さで出陣の態勢を整え、九月八日、岐阜から一万五千の軍勢を率いて近江に入り、近江高宮に着陣した。三河《みかわ》からは松平元康の軍勢一千が加わり、長政も三千の兵を出し、江南の愛知《えち》川の南に布陣した。

信長は敵の布陣を調べ、六角の支城である箕作《みつくり》城を攻撃し、観音寺城に籠る六角義賢《よしかた》親子をおびき出す作戦を採った。

「浅井の兵を観音寺と箕作の城の間にはりつけよ」

信長は命じ、浅井の陣に佐々成政《さっさなりまさ》を走らせた。

「しばし待たれよ」

長政はいい、評議を開いた。

「それは危険でござる」

佐和山城主磯野員昌は消極的だった。

浅井の重臣たちは、六角親子が観音寺城と箕作城から一気に突進し、浅井勢を攻めた場合、浅井は挟撃されて多くの犠牲者を出すことになると判断した。

「殿、ここは無理は出来ませんぞ」

孫右衛門もいった。

長政はなおも説得を試みたが、全体の賛意はえられなかった。

「浅井どの、これは由々しきことになりますぞ」

成政は長政をにらみ付けた。

成政は一本気の男で、藤吉郎のように世渡りがうまい男とは、うまが合わない。

「あの猿めが」

と毒づく剛直の人である。浅井はとんだ人物を敵に回したことになる。

成政は憤怒の表情で、本陣に駆け戻った。

「なに、出来ぬというか」

信長の眉間に皺がよった。爆発寸前の顔である。

成政は地面にはいつくばって詫びた。

「そちのせいではないわ」

信長の額から汗がしたたり落ちた。

近習たちは、意外な事態に驚いた。長政が義兄の申し出を断ったことになる。次になにが起こるか、近習たちは読んだ。突撃であろう。その覚悟をしたとき、

「成政ッ、浅井を引き摺りだせ」

ついに信長が怒った。

「はあッ」

成政はまるで蛙のようにひれ伏し、真っ赤な顔をして再び浅井の陣に向かった。

今度は箕作を攻めよ、という信長の口上だった。

浅井の重臣たちは、これも渋った。

「それでは、なんのための同盟か、我らに覚悟がござるぞ」

成政は重臣たちを見渡した。信長に罵倒され、足蹴《あしげ》にされることは目に見えている。もはや成政の面子《めんつ》もまるつぶれだ。

「浅井の腰抜けめがッ」

成政は捨て台詞《ぜりふ》を残して立ち去った。実戦の経験が乏しい長政には、まことに気の毒な事態になった。

修羅場で組織をまとめる力量も不十分だった。

「殿、ご裁断を」

源助に促されて、

「余は箕作を攻める」

とようやく決断したが、すでに遅かった。

2

「もはや相手にはせぬ」

気の短い信長は、成政が戻る前に、パッと立ち上がるや馬に飛び乗った。

「浅井に信長の戦を見せてみよ」

いい終わるやいなや、信長は桶狭間のときのように、先陣を切って飛び出した。

近習や馬廻衆が信長を追った。

喚声と鉄砲の音が戦場に響いた。

「しまった」

長政は青ざめた。重臣たちにも動揺が走った。

浅井のぶざまな姿を信長に見せたことは事実だった。

信長は非情だった。

長政に戦いで実力を示せと危険な仕事を割り振った。

ここは重要だと判断したのだった。

信長は人を使う場合、温情を嫌った。後に国持《くにもち》大名となる前田利家《としいえ》は小姓の出だが、同朋衆《どうぼうしゅう》の十阿弥《じゅうあみ》を斬殺したため信長に勘当された。桶狭間の戦闘で敵の首三つを取ったが、帰参はかなわず、その後の戦闘で敵の豪将の首を取り、やっと許されている。家柄もさほど重視しなかった。

要は実力であった。

長政はこの戦闘でどのような戦果をあげるか、織田の家臣団も注目していた。失敗すればいいという、冷ややかな目にも晒されていた。長政は織田軍団のそうした厳しさを肌で感じてはいなかった。信長の本陣に座し、浅井の大将としての待遇を受けるものと考えていた。

信長が自ら攻めてきたのを見た六角軍は燃えた。

「信長にひと泡吹かせてやれ」

城の上から鉄砲や矢石を使って激しく抵抗した。壕も深く、信長の近習や馬廻衆は攻めきれず引き下がった。

佐久間信盛、丹羽長秀の軍勢五千が驚いて信長を追った。

しかし闇雲《やみくも》に正面から突入したため石を落とされ、材木を落とされ、弓で射られ、城に突入出来ず、数度攻めたが、駄目だった。死傷者は累々と横たわった。

千名を越えたという記録があるほどで、一気に叩きのめしてやるという信長の傲慢さが仇になった。

「くわッ」

信長の目は怒りに燃えた。

長政め、恥をかかせやがって――。

怒り心頭といってよかった。

「藤吉郎、あすの朝までに城を落とせッ」

信長は甲高い声で怒鳴った。

「承知仕りました。夜襲をかけます」

藤吉郎も地面に伏した。

信長が気を昂ぶらせているときは、誰であろうが、ひれ伏すしか手はなかった。

「すべて、そちにまかせる。必ず落とせ」

信長は終始、不機嫌だった。

藤吉郎は、すぐには戦う様子はなく、蜂須賀小六の配下を動員し、山に入って薪を集めた。それからもくもくと大量の松明《たいまつ》を作った。

夕刻までに三尺の松明数百本が出来上がった。

「そうか、猿め、頭をつかいおる」

信長の顔に、ようやく笑みが浮かんだ。

夜に入るや、藤吉郎は箕作城の周辺に松明を積み上げた。

戦場が漆黒《しっこく》の闇に包まれ、日中のあの騒音や喚声が、すっかり消えたそのとき、藤吉郎の軍扇が振り下ろされた。

「わあーッ」

喚声がわき起こり、松明に火が点《とも》され、鉄砲が「ドカンドカン」と発砲された。あたかも数万の大軍が城を取り囲んだような勢いだった。

六角の兵は藤吉郎の兵を大軍と思い、脱走する兵が続出し、朝までに城が落ちた。

和田山の城もその他の支城も降伏し、六角親子は観音寺城を捨てて逃亡した。

信長は攻撃の手を緩めることはなかった。生け捕った六角の兵の首を切り、生首を串刺しにして路傍に晒した。

『武功夜話』にこの戦のことが記述されている。

「箕作山は古来から六角氏の堅塁であった。小山だったが、要害が堅固で、急な坂がひと筋しかなく、足場が危うく二度、三度打ちかかったが、手易く抜くことが出来なかった。七つ半刻まで数度よじ登ったが、崩されて散々であった。ほどなく夕日が湖西に沈んでしまった。藤吉郎はおもいあまって蜂須賀や前野、土田、加藤らと相談した。藤吉郎はいまだかつて、このような城攻めはなかった。不甲斐ないことだといった。

　味方の手負い、討ち死には数知れずであった。このままでは信長公の上洛も危ういと、今宵のうちに城を乗っ取ることになった」

　信長は意外な苦戦を強いられ、多くの犠牲者を出しての勝利だった。

　感情の爆発による信長の無鉄砲な飛び出しが原因だった。

　太田牛一《ぎゅういち》の『信長公記』に、そのことが記述されている。

「美濃衆はきっとこたびは、美濃衆を先陣として、遣わされるであろうと思っていたが、それは一向になく、信長公のお馬廻だけで、攻められた。美濃衆は、不思議な思いをした」

　信長のいつもの行動が裏目に出たのだが、その遠因は浅井にあった。

　信長の軍団は浅井に敵意を抱いた。

　長政に対する鬱積していた反感が火を吹いた。

「あの野郎、ただじゃすまぬ」

　成政はいい、柴田勝家も、

「まったくじゃ」

　と肩を持った。

長政は信長の本陣に行っておのれの非をわびた。

「気にせずともよい」

信長はいった。

ともあれ勝ったことで、信長の気持ちもおさまっていた。しかし「浅井頼むに足らず」の印象はぬぐえず、信長の顔はいまひとつ晴れなかった。

「いずれ借りは返さねばなりますまい」

喜右衛門がうめいた。

この戦闘の際、信長の側に姉婿の京極高吉がいるのを見て、長政が不快感を示し、浅井勢は織田のお手並み拝見とばかり見ていたという説がある。

『浅井三代記』では、浅井の軍勢は観音寺城の抑えに当たったと評価したが、長政にとっては悔いの残る戦いだった。

「藤吉郎、戦の模様を都に知らせよ」

信長が命じた。

都に恐怖心を起こさせるためだった。刃向かえばこうなる、という見せしめだった。

六角勢のなかで一人、日野城主蒲生賢秀《がもうかたひで》は頑強に抵抗した。

「六角にも男がいるわ」

信長が珍しく褒めた。仲に入る人がいて蒲生は降伏した。

周囲は蒲生を殺すと見たが、信長は蒲生を許し、家臣に加えた。その辺りが他人には読めぬ信長の複雑な心理だった。

信長は近江を平定し、上洛の足場を固めた。


「長政殿、おみしりおきを」

藤吉郎が長政に挨拶した。百戦錬磨の面構えだった。

「長政殿、織田の軍団には大勢の男がおってな、長政殿を敵視しておるものもいる。嫉妬《しっと》でござろう。気をつけてくだされ」

藤吉郎はいいにくいことを、ずばりいった。

それは忠告というのか、脅しというのか、長政には気になる言葉だった。

「なんなりとご下命くだされ」

ともいったが、藤吉郎の言葉には言外に消極的な長政に対する侮蔑も含まれていて、長政はやられたと思った。そして初めて織田軍団の凄さを感じた。このつまずきをどう取り戻し、浅井の意地を見せるか、長政に大きな課題がのしかかった。

「殿、藤吉郎どのは苦労人ということでござれば、悪い人ではござるまい」

源助がいった。

「いまは忍の一字しかござらん」

喜右衛門は歯ぎしりした。

藤吉郎の戦は、浅井勢の常識をはるかに超えていた。

喜右衛門が後日、戦の仕方を詳細に調べて報告した。それは美濃稲葉山城の攻撃のものだった。藤吉郎は稲葉山城の周辺を丹念に調べ、城の搦手《からめて》から攻めることにした。ここは嶮岨《けんそ》な絶壁で、本来、まったく手の下しようがない場所だった。逆にそこに抜け道を見つけた。

敵は安心しきっていて、ここに警備の兵をおかなかった。これを見てとった藤吉郎は蜂須賀小六の手下とともに、ここを登り、城内に忍び込んで、番人の雑兵十余人を斬り殺し、その具足を奪って敵の雑兵になりすました。

食糧を運ぶ仕草をしながら薪に火をつけて回り、城内を攪乱し、落城させた。侍大将自ら敵の城中に入り込むという大胆不敵な作戦だった。

「恐ろしい男でござる」

喜右衛門がうなると、源助も「油断できません」とうなずいた。

信長は藤吉郎のような男が大好きだった。

義弟だろうが、実弟だろうが、信長は容赦はしなかった。

一介の貧しい百姓の出である藤吉郎と一緒にされるのは心外だったが、信長の査定は、義弟の長政であれ同列だった。

長政はその扱いに不愉快だったが、いかんともしがたかった。

長政は藤吉郎や柴田勝家、明智光秀《みつひで》、丹羽長秀、佐久間信盛らとは格が違うと思っていた。

自分は独立した大名である。しかし信長には通用しないもどかしさがあった。

長政は自尊心をへし折られた。

それを追いうちする大事件が起こる。

3

信長の上洛を巡って三好三人衆の抵抗があったが、松永久秀《ひさひで》が投降したため抵抗は腰くだけになり、義昭は六条本圀寺《ほんこくじ》に入って、朝廷から征夷大将軍の称号を得た。

将軍義昭の誕生であった。

信長は将軍義昭の館を造るべく、二条の旧邸を修復する作業に入った。

長政も三田村左衛門尉、大野木土佐守、野村肥後守に奉行を命じ、三千の人夫を出し、この年、永禄十二年（一五六九）二月二十七日から工事に加わった。

大工奉行は村井貞勝と島田秀満で、信長自身が陣頭指揮に立って工事を進めた。

このときも信長の姿は異様だった。

虎の皮を腰に巻き、粗末な衣装を身にまとい、何人《なんぴと》も宮廷風の衣装で信長の前に現れることを禁じた。

信長は藤杖を手にして作業を指示した。建築用の石材が不足すると、都じゅうの石仏や石塔を倒して運ばせた。

「恐れることはない、皆、引き倒せ」

信長は激しく下知し、

「これがおれのやり方じゃ」

長政にいった。

長政は畏怖した。神仏を畏れぬ信長は、この世の人とも思えなかった。

あの優しいお市の兄が、このような人物と思いたくもなかった。

それに疑問を抱く者には、きびしい仕打ちが待っていた。作業中、仕事を怠けたり、ふざけて遊んだりする者にも厳罰を処した。

人夫の一人が倒れた婦人の顔を見ようとして、その被《かぶ》りものをはいだ。たまたま信長がそれを目撃した。

「この野郎ッ」

信長の目は血走り、男を連行させ、ひざまずかせるや、自ら太刀を引き抜いて首を刎ねた。男の首がコロリと落ち、パッと血が飛び散った。

都びとは恐怖に包まれた。

信心深い長政にとって義兄の行動は辛かった。目をそむけたかった。

ここではいつも二万五千人の人夫が働いていて、持ち場ごとに競争があり、怠け者は罵倒された。

浅井の人夫は箕作攻めのことで、いつも目の敵《かたき》にされた。

具合の悪いことに、浅井の持ち場と織田の佐久間信盛の持ち場が隣合わせになっていた。

「てめえらは浅井か」

「どうりで、のろまだ」

「あの戦はなんだ。てめえの土地であれはないぞ、恥を知れ」

「長政は織田の家来のくせに、頭《ず》が高いぞ」

「いずれお仕置きだ」

「長政は、いくじなしよ」

ことあるごとに罵詈雑言《ばりぞうごん》が浴びせられた。

尾張や美濃の連中は口が悪く、いい返すと殴りかかってきた。やりかたがあまりにも露骨だった。工事も妨害された。せっかく運んできた石塔が翌朝には盗まれていた。

何日もかかって掘った壕が埋まっていた。

ついに排水のことで爆発した。

佐久間の工事現場で吹き出した排水を、浅井の排水溜めに捨てた。

「何をするんだ」

「つべこべいうな」

口喧嘩からついに乱闘になった。

浅井勢二百、佐久間勢三百が取っ組み合いになった。

棍棒をもつ織田の人夫に殴りこみを掛ける者も現れた。

「野郎、やってしまえ」

「浅井の奴ら、叩きのめしてくれるわ」

「美濃の泥棒やろう」

「なにをほざく、この、ど阿呆が」

「戦もできぬ弱虫めが」

「なにを、美濃ムシ野郎ッ」

双方、入り乱れての乱闘になり、ついには弓を放ち、鉄砲を撃ち、刀で斬りまくり、槍で突き、双方で百五十人の死者を出す大惨事となった。

『名将言行録』には信長勢五百六十人、浅井勢三百五十人が死んだとある。

工事は中断し、信長が現場に姿を見せた。どうなるかと皆が固唾《かたず》をのんだ。信長は皆の声を聞き、織田勢に非があると認めた。

「馬鹿な、なにをやっておるのかッ」

信長は織田勢を一喝した。

「佐久間、そちは監督不十分である。以後、このような不始末を致せば切腹じゃ」

頬をピクつかせて怒り、

「藤吉郎、そちもよく見張り、二度とさせるでない」

といった。長政もあまりのことに呆然となった。

「今度のことは、織田が悪い。浅井勢が怒るのも無理はない」

信長は長政にいったが、長政は織田勢に家来扱いされたことが我慢出来なかった。

浅井勢は深く傷ついていた。

織田勢に殺された家族は信長をのろい、織田は織田で浅井を罵倒し、双方の亀裂は抜き差しならぬところに来ていた。

「殿、これは織田勢の挑発でござる」

喜右衛門は咽《むせ》び泣いた。

「織田勢は我らをあざけり笑い、先に手を出した」

孫右衛門も深刻だった。

もとはといえば先の戦における長政の指揮に問題があった。

事態は複雑で、かつ深刻だった。

織田軍団の外様に対する差別も背景にあった。浅井を属国と見なす思い上がりもあった。長政が信長の後継者になるのではないかという、軍団の嫉妬、ねたみもあった。

乱闘は都じゅうに広がり、いずれ浅井に処分があると人々は噂し合った。

「殿、即刻、小谷にひきあげましょうぞ」

普請奉行の重臣たちも、声をそろえて長政に迫った。

「こらえてくれ」

長政がどう説得しても、鎮《しず》めることは出来なかった。

信長が長政の肩をもったことも逆に取られた。

「浅井め、お市の方をひけらかせて、我らの上に立とうとしておる」

「そのようなことは認められぬ」

「お屋形さまの依怙贔屓《えこひいき》だ」

織田の陣中で誤解にもとづいた反発も出た。

小谷城は激昂の坩堝《るつぼ》と化していた。

「もはや織田と同盟は組めぬ」

久政は激怒し、老臣たちも顔色を変えた。

お市はどうしていいか分からず、兄信長に穏便にはからうよう手紙を送った。

信長は手紙を見て、藤吉郎を呼んだ。

「騒ぎを鎮めよ。いっさい双方とも罪は問わぬ」

といった。

しかし沈静化は難しかった。浅井勢の心はかたくなで、浅井と織田の前途に不吉なものを感じる人もいた。

長政は人夫たちの葬儀のために小谷城に戻った。

「お市、どうも世の中は、ひがみや中傷が多い」

長政は嘆いた。

「悲しゅうございます」

お市も疲れきっていた。

4

長政は無我の境地に浸りたかった。

各地での葬儀が終わるや、お市を連れて、久し振りに琵琶湖に浮かぶ竹生島《ちくぶしま》に渡った。

石見国《いわみのくに》は硯《すずり》に似たり、竹生島は笙《しょう》のごとし――

と詠《うた》われた島である。

島は水面から塔のようにそそり立ち、樹木も多く、その形が長短十七本の竹管を立てた笙に似ていた。

周囲は二キロあまりと小さいが、春は全島、新緑に包まれ、周辺の水は濃い蒼色をしていて、お伽の島のようであった。

この島にはたしかに、琵琶と笙を重ね合わせた優雅な雰囲気があった。

少し風が出てきて、お市の頬をなでた。

「とてもいい気持ちだわ」

お市が髪をなでた。

竹生島は浅井の家と深い関係にあった。

島は古くから霊境として信仰を集め、宝厳寺《ほうごんじ》と都久夫須麻《つくぶすま》神社があり、浅井家では多額の寄付をして社寺の維持に務めてきた。しかし寺は火災で焼け、再建がまだ決まっていなかった。

長い石段を登りつめ、寺の跡に二人は立った。

「湖が一望に見渡せるわ」

お市が感嘆の声をあげた。

小谷の城からも琵琶湖は見えたが、それはいつも決まった場所からだったので、変化に乏しかった。ここからだと琵琶湖のすべてを見ることが出来た。

孫右衛門と源助は気をきかせて石段の下で待った。

長政は浅井の総大将である。

たとえ竹生島への参詣であっても、勝手な行動は許されなかった。まして六角親子との戦いは続いており、いつ奇襲攻撃されるとも限らない。

赤尾や海北らの老臣たちは、このときとばかりと行列に加わり、総勢五百を率いての参拝となった。湖面にも五十艘もの船が浮かんだ。船上の兵士は弓や鉄砲で周囲を警戒した。時節がら、それもやむをえぬことだった。

近くで見る湖はあくまでも澄み渡っていた。風が吹くとさっと湖面に小さな波が立ち、それがまた美しかった。

お市が後ろを振り返った。

「伊吹山《いぶきやま》も綺麗ですこと」

と白い峰に見とれた。あの山の後ろが美濃だった。

山の雪は初夏まであり、その白さが、青い空に映えた。伊吹山は小谷の城からも見えるのだが、湖ごしに見る白い峰は格別だった。

「殿さま、兄を許してあげてください」

お市がいった。

「なにをいうか、もともとは私に非がある」

「そんなことはございません。殿は自分の役目を果たされたのです。観音寺城を見張っておられたではございませんか。だから織田勢は、箕作を攻めることが出来たのです」

お市が長政を励まし、

「殿がご苦労されているかと思うと、胸が痛みます」

と悲しい顔をした。

「そのようなことはない、今日はそのことは考えまい」

長政がいった。

島にはこの界わいの漁師たちが多数来ていた。

長政とお市に漁を見せてくれるのである。

漁師たちは神社の境内に、ひれ伏していた。

ここに招かれた漁師たちは、この島に近い菅浦《すがうら》の者どもだった。ここは陸上交通の不便な寒村だが琵琶湖に面しているので、古くから漁を生業として暮らしてきた。

船運の業者もおり、浅井にとって軍船の徴発上、ここは重要な軍事拠点でもあった。

代官に一族の浅井井伴《いいとも》、井規《いいのり》親子を送り込んでいるのも、そうした背景があった。

船運の人々は乙名《おとな》、中老《ちゅうろう》を中心に団結が強く、都での造営工事にも何人もの若衆が加わっていた。

漁師ならではの気の荒さもあって、この前の乱闘では、数人が死んでいた。

「皆の者、顔をあげよ」

長政がいった。

赤銅色の顔をした漁師たちの顔には、どこか寂しげな陰があった。それは犠牲者の家族に違いなかった。

「なんでもかまわぬ、困ったことがあれば申せ」

長政がいった。

領主として民の声を率直に聞く必要があった。

「はい」

中老の六郎三郎が代官の浅井親子の方を見た。

「遠慮はいらぬ。代官も承知の上だ」

長政がいうと、六郎三郎の顔に安堵の色がただよった。

「この前の戦で働き手をなくし、困窮致しております」

「分かっておる。暮らし向きが困らぬよう代官に申しつけてある」

長政がいった。

「ありがたきことで」

六郎三郎はいい、

「この世には、仏さまはいないのでございましょうか」

と哀願するような目で、長政とお市を見上げた。

「そのようなことはない。なぜだ」

「美濃の百姓がそう申しておりました。恐ろしいことで、はい」

六郎三郎は地面に頭をすりつけた。かたわらで同じ中老の孫四郎が体を震わせて六郎三郎の袖を引き、これ以上、口をきいてはならぬと必死で止めた。

美濃という言葉を聞いてお市は顔色を変えた。

六郎三郎は兄のことをいっているに違いなかった。

兄は都で石仏を引き倒し、寺院を破壊した。信心深い人々にとって兄は、鬼に見えたであろう。お市がもっとも心を痛めるのは、そのことだった。

この辺は一向宗の地盤であった。

念仏を唱えれば、病気も治るし、来世にも行けると、民百姓の間を回り、根気よく説く一向宗は、人々の心をしっかり摑んでいた。浅井が仏をないがしろにする信長と同盟を続けていることに、民は疑問を挟んでいるようだった。

「蓮如《れんにょ》上人さまは、偉い方でございます」

六郎三郎は哀願した。長政に仏を大事にせよと、決死の覚悟で説いているのだった。民の心が離れたとき、領主は城を守り切れまい。長政は漁師たちを見て思った。

「あい分かった」

長政は答えた。


長政は城に戻って呻吟《しんぎん》した。

百姓たちが信奉する本願寺法主であった蓮如上人の事跡は、この界わいにも鳴り響いていた。

蓮如は応永《おうえい》二十二年（一四一五）本願寺第七代法主存如《ぞんにょ》と存如に仕える身分の卑しい女性との間に生まれた。

母は蓮如の将来を考えて存如に正妻が決まって間もなく、六歳の蓮如を残して姿を消した。存如と正妻の間には三男一女があり、男子がいたので蓮如が法主になることは、望むべくもなかった。

蓮如は本願寺の片隅で、もんもんと部屋住みの暮らしを続けた。

この頃、本願寺は寂《さび》れきっていて、同じ親鸞《しんらん》を開祖とするにもかかわらず、仏光寺派の本山仏光寺が隆盛を極めていた。

この寂れた本願寺は蓮如に幸いした。

父存如がこの世を去ると、正妻と正妻の子は本願寺の財産を整理して加賀に退いた。ぼろぼろの本願寺に蓮如が残され、法主を継いだ。

蓮如は京都を中心に近江一帯から北陸、近畿の諸国を行脚し、親鸞の教えを説いて歩いた。特に水運の町堅田《かたた》の本福寺には何度も足を運び、布教に当たった。

「在俗の暮らしを続けたまま、それを変えることなく、弥陀の本願を心から信じ、念仏を唱えれば、すべての人間は救われるのです」

蓮如がそう説いた。

人間のこの世の幸せなどというのは、はかないものである。いつ無情の風に誘われて死ぬかも知れない。戦争に巻き込まれて、殺されるかも知れない。

死んでしまえば、妻子も金銀財宝も何一つ持ってゆくことは出来ない。三途《さんず》の河をたったひとりで、越えて行かなければならない。

頼むべきは仏である。仏にすがり極楽に往生することこそ、人間のもっとも幸せなことである。僧侶たちは従来もそう説いた。

蓮如はどこが違ったのか。

「お布施でござる」

喜右衛門がいった。

これまでは地獄か極楽かの境は、お布施の額によって決まった。

「お布施をせずば、地獄に落ちるぞ」

往生与奪の権を握る僧侶は百姓を脅した。

百姓たちは自分が食えなくても僧侶に米を渡した。人を人とも思わぬ気風は、僧侶にも広がっていた。

仏教の堕落だった。

そのことで蓮如は都を追われ、北陸に居を構えるが、その布教活動は実に真摯《しんし》だった。

蓮如はいかなる貧しい門徒の家にも足を運んだ。

「なにをお供えいたしましょうか」

百姓が恐縮していうと、

「お前たちは何を食べているのか」

と聞き、

「稗《ひえ》を口にしています」

というと、

「それでよい、稗を食べさせてくれ」

といって百姓と同じ稗をすすって、説教を続けた。

「越前で何人もの百姓から聞きました」

喜右衛門がいった。

その蓮如は他界し、いまは顕如《けんにょ》が継いでいたが、布教は一段と熱をおび、一向宗の名声は高まる一方だった。

「ううむ」

長政はうなった。

一向宗こそは、来世の世界と、この世に生きる悩める者どもを結びつける救世主だった。

竹生島の自然を見つめ、漁師たちの偽らぬ声を聞き、義兄信長は仏法の罰をうけるかもしれぬと思った。

「寒気がする」

長政が青ざめた顔でいった。

「風邪をひかれましたか」

お市がいった。

お市は腹に三人目の子供を身ごもっていた。

「いささか疲れた」

長政は、焦点の定まらぬ目で宙を見つめた。

義兄はすさまじき男であった。

自分がすべての決定者であり、冷酷な殺害者であり、キリシタン・バテレンとも引見し、瞬時にすべてを判断する全知全能の神のごとき人物であった。

万福丸と茶々には、その信長の血が流れている。

これから自分は義兄と、どう付き合っていくべきか。

長政は乱れた。

「殿さま、なにか、悩みごとが」

お市がいった。

「いや、そのようなことはない」

「それならよいのですが」

お市が心配そうに長政を見つめた。

5

永禄十三年（一五七〇）である。

正月も終わり、二月に入った頃のことである。

「殿ッ」

喜右衛門が顔色を変えて飛んできた。

「信長公が朝倉攻めを決めた様子にございます」

「やはり」

恐れていたことが現実になった。

「理由はなんだ」

「足利将軍の上洛の求めを断ったからと、流布しております」

「乱暴すぎる」

長政がつぶやいた。

義兄からなんの連絡もなかったが、藤吉郎が各地に檄を飛ばし、兵を集めていることは長政も知っていた。


この年は雪が深く、周囲の山々は白雪にうずもれ、越前は遠い世界であったが、三月になれば雪も解けよう。

長政は本丸の上から山塊に見入った。

雪がしばしの平和を保っていた。この雪が消えると、男たちは、飢えた狼のように山塊をうろつき回るのだ。

戦には、最低でも三、四か月の準備期間が必要である。武器をそろえ、雑兵を集め、軍資金も調達しなければならない。いま狼たちは木の幹に牙をこすり付け磨いているのだ。

義兄はやはり怖いお方だ。長政は震えを覚えた。

信長との対決の年になるのか。いや、それは浅井の自滅につながる。

長政の胸中は乱れた。

雪の木ノ目峠を越えて越前の一乗谷から朝倉の使者が何度も来て、援軍を要請した。

父久政は越前に兵を送るべく、動き始めたことも長政は察知していた。しかし長政はどこかでタカをくくっていた。いずれ義兄が相談をしてくれるに違いない。そう信じていた。

だが、なにもない。どんどん噂が先行し、浅井の家中にも疑心暗鬼が広がり始めた。

信長が朝倉をいつか攻めるであろうことは、漠とではあるが、感じていた。

御所が完成し、竣工式を迎えたとき、信長は、

「義昭は馬鹿な男だ、朝倉も同じだ」

と憮然とした顔でいった。しかし朝倉を攻めるとはいわなかった。

信長がいうように義昭にも多々問題があった。

信長が岐阜に戻ると義昭は薩摩や肥後、米沢など各地の大名に御内書を送り、金の無心をした。これを知った信長が激怒した。

「金を寄こせだと、勝手なまねは許さぬ」

と五か条の覚書を義昭に送りつけた。

今後はすべて事前に信長に相談すること、天下の政事はすべて信長に一任すること、というものであった。

「お前は傀儡《かいらい》だ、それを忘れるな」

信長はそう引導をわたした。

しかし義昭もしたたかな男である。越前の朝倉に再三にわたって密書を送り、信長の悪口をいい続けた。信長を倒せと言外に暗示した。

信長はそのことも、とうにつかんでいた。

「あいつらの尻尾をつかまえてやる」

信長は将軍義昭の名前で、朝倉義景を正月に行なう猿楽の能に招待した。出てきたら取っ捕まえて詰問し、人質に取ろうと考えた。

信長は、藤吉郎にだけはすべてを話していた。

「どうじゃ」

「面白い見せ物でございましょう」

「うふふふ」

信長は不敵に笑った。朝倉が出てくれれば、それはそれでよし、なしのつぶてであれば、即刻攻撃する、信長は決めていた。

信長は朝倉の返事を待った。待てど暮らせど、朝倉は来なかった。

正月の猿楽には長政も招待された。

「どうじゃ、長政、お市は元気か」

信長は機嫌がよかった。しかし、おくびにも朝倉の話は出なかった。

「殿、浅井長政どのには、こたびのこと、お知らせすべきかと存じますが」

藤吉郎が一度聞いている。

「それはいらぬ」

「しかし恨みが残りまする」

「織田と浅井は親戚じゃ。それはない」

信長は、露ほども長政が反旗を翻すなど考えてもいなかった。

戦場では鬼神のごとき信長だが、平時は無防備なところがあった。思い込みが強く、自分に楯突く者などそういるものではないと、自信に満ちあふれていた。

朝倉攻めの軍勢が『武功夜話』に記されている。
一、木下藤吉郎御内衆、足軽鉄砲隊　二百八十人
一、蜂須賀御内衆　蜂須賀彦右衛門、稲田大炊介、山内猪右衛門ら
一、前野御内衆　三百有余人
一、土田甚助　六十有余人

一、加藤作内　八十有余人
一、木村常陸介　三十有余人

地侍、郎党衆がずらりと並んでいる。この時代の軍勢は各地の小領主や名主、地侍が掛け参じ、勢いがあれば、その輪が次第に膨れていくものだった。

蜂須賀衆の山内は後の山内一豊《やまのうちかずとよ》である。

これら総人数千八百有余人を藤吉郎が率い、先鋒として越前金ヶ崎に出兵したのは四月早々であった。

信長の周辺は、たちまち人馬でごったがえした。

「こたび越前朝倉ご退治につき、宇佐山、湖水あたり人馬みちあふれ、はせ参じ候者総勢二万有余騎」

これも『武功夜話』の記述である。

破竹の勢いだった。

藤吉郎を先発させた信長は、街道筋に馬の飼料や兵糧を配備し、万々落ち度なく四月二十日に本隊を率いて京を出立、小谷城の対岸に当たる湖西の若狭《わかさ》街道を通って、二十五日には、越前の敦賀に到着した。

小谷城内は数日前から喧騒《けんそう》の渦に包まれた。

斥候から逐一、信長軍団の様子が入ってきた。

京の出発が二十日という情報も四、五日前には入っていた。

「何ゆえに義兄から知らせが、参らぬのであろうか」

長政は信じがたい表情で報告を聞いた。

「兄さまのやり方は、私にも分かりかねます」

お市も困惑した表情で長政を見つめた。

「そのうち来るであろう」

長政がいった。しかし、いくら待っても、なんの連絡もない。

朝倉からはひっきりなしに、援軍の要請があった。

小谷の本丸では毎日、評定が開かれた。

「信長は越前を攻めたあと、ここ小谷に攻め込むつもりであろう」

父久政は唇をふるわせて叫んだ。

ひどく激昂していた。

父は気の小さい人であった。偉大な祖父にいつも叱られ、小さくなって育った。

無難に無難にという人であった。祖父が亡くなって浅井を率いてからは、それなりの武将になったが、万事そつなくというのが、父のやり方だった。

隠居してからは庭いじりに凝ったりしていたが、若い妾に囲まれてから人が変わった。

なんでも妾のいうことを聞くのであった。

母をないがしろにして、妾に溺れている姿は醜かった。

もはや政事に口を出す資格などないはずだったが、人が変わったように口を出した。

お市に対する逆恨みかもしれなかった。

朝倉の密使は久政にだけ、義景の意向を伝えた。

「その節は貴殿が挙兵され、我らと信長を挟み打ちにせん」

と耳元でささやいた。

評定ではいつも久政が熱弁をふるった。

隠居といってもまだ四十半ばである。

「越前は城堅固である。ここは朝倉とともに、信長を討つべし」

と叫び、

「六角とも手を結ぶべし」

と滔々《とうとう》と語った。

「まことに、勇ましいお言葉でござる」

都での乱闘で、織田嫌いになった人々から声が飛んだ。

長政はじっと皆の声に耳を傾けた。討てという声も分からぬわけではない。自分自身、あの乱闘のあと義兄との訣別も考えたほどだ。

だが――。

怒濤のような信長の軍団には勝てまい。それに、いかに朝倉と同盟を結んでいようが、義兄を討つことは道義上、許されるはずもない。

それにもまして、お市を苦しめることは出来ない。

「兵は出さぬ」

長政がいった。

「上洛を断った朝倉どのに非はある」

老臣の赤尾と海北が長政を支援した。

「そちたちは弱腰じゃ」

久政がなじった。

「長政公の仰せられることは道理でござる。信長公はいまや美濃、尾張、三河、伊勢、若狭、丹後の国を治め、天下布武を掲げる大将でござる。残念ながら越前と近江で立ち向かったところで勝ち目はござらぬ。一千ほどの兵を越前に送って、義理を果たされてはいかがでござろう」

喜右衛門が折衷案を出した。

「なにをいうか、六角と仲直りをし、信長を討つのだッ」

久政は顔色を変えて怒鳴り、絶対に引かぬという意気込みであった。

評定は荒れた。戦えば負けることもある。そのとき、浅井は滅亡するのだ。ここは昇り龍の信長と戦闘すべきにあらず、その時期ではない。

「こたびは兵は出さぬ」

長政は敢然と父の意見をさけた。

「朝倉との義理を欠くことは出来ぬ」

「信長は誓紙を破っているではないか」

久政も折れない。

「佐々成政や木下藤吉郎から慇懃《いんぎん》無礼《ぶれい》で、高慢知己《こうまんちき》な者どもに使われる浅井ではないぞ」

「美濃や尾張の雑兵に口ぎたなくののしられて、それでもいいのか」

久政はありと、あらゆる雑言を浴びせて長政に詰め寄った。

評定はつかみかからんばかりに荒れた。


最終的に長政は信長を裏切る。

根がやさしいのか、優柔不断なのか。

「殿さま、兄上を裏切ってはなりません」

お市も哀願した。

岐阜に手紙も送った。しかし朝倉攻めの変更はないという返事だった。

信長は一度決めたら梃子《てこ》でも動かない人である。

「兄上は恐ろしきお方ゆえ、敵に回してはなりません」

お市は涙ながらにいった。だが、長政は放心したような顔でだまりこくった。

長政は肝心なところで父久政に引きずられた、という説がある。朝倉氏との関係は
たしかに深いものがあった。祖父亮政は、江南の六角との戦いで何度も苦杯を喫し、
その都度、朝倉氏に援軍を依頼した。

越前に逃れたことさえあった。

その義理はあった。

六角との関係もあろう。信長の動きに合わせて、素早く浅井に接近し、共闘を申し入れたであろう。

「信長を倒せば、我らには美濃も尾張も手に入る。争わずにすむではないか」

苦し紛れの誘惑があったかもしれない。

義昭も、動いたであろう。

「信長を殺せ」

義昭も密使を小谷城に遣わし、甘い言葉でささやいたかもしれない。

長政の心の変化も考えられる。自分は織田の家来にあらず、れっきとした大名である。この際、朝倉、六角、足利将軍とも連携し、信長包囲網をつくり、追い落とさんというわけだ。

一向宗の門徒も動き出し、浅井についた。

この時代、占いも大きな力を発揮する。

「攻めよ」

というお告げがあった。

あるいは久政が勝手に兵を出した。

推理はいくつも成り立つ。しかし、真実はつかめない。

ここで注目すべき史料が一つある。『浅井日記』である。

そこに四月十八日に久政と長政が近江の諸士に向かって朝倉応援を表明したとある。

信長が京都を出陣する二日前に、二人は決意を披瀝したというのである。これを行えば即、信長の耳にも入るだろう。そう考えるとやや疑問もあるが、十九日には、越前に使者を送り、二十七日には、敦賀に向けて兵を送ったとある。

『浅井日記』は久政、長政の親子共謀説をとっている。これもしかし、決定的なものではない。

信長を倒せ

1

信長の軍団の前に敦賀の朝倉勢など、赤子の手をねじるようなものであった。

若狭街道を進み、倉見峠を越えて丹後《たんご》街道に入った信長は、朝倉攻めの前線基地国《くに》吉《よし》城で藤吉郎と作戦会議を開いた。

金襴《きんらん》の包具足《つつみぐそく》。

白星三枚兜《かぶと》。

黄金《おうごん》の太刀。

信長の衣装は輝くばかりである。

その前後を弓鉄砲隊、槍隊が固め、そのきらびやかさは、天下人の軍勢であった。

朝倉は敦賀の天筒山《てづつやま》城と金ヶ崎《かねがさき》城に兵を集め、信長を待ち受けていた。

天筒山は敦賀の北東にある標高百七十メートルの山である。

その北に延びて敦賀湾に突き出す丘の上に金ヶ崎城があった。三方が海の絶壁で、東南に天筒山がそびえ、難攻不落と朝倉勢は豪語していた。

朝倉は天筒山城には寺田采女正《うねめのかみ》を、金ヶ崎城には朝倉一門の朝倉景恒《かげつね》を配していた。

浅井が味方に付いたという知らせが入っており、朝倉景恒は無駄な戦を避け、戦力を保持しておいて浅井と共同で、信長を挟撃せんと目論んでいた。信長はそのようなことなど微塵も考えていなかった。

「藤吉郎、そちは金ヶ崎を落とせ、柴田と佐々は天筒を落とせ」

信長が檄を飛ばした。

部下に競わせるのも信長のやり方だった。

天地を揺るがす轟音が二つの山に響き渡った。鉄砲の差は歴然としていた。

「討ち取る敵首一千有余」

と『武功夜話』にある。一方的な戦いだった。

援軍が来ないので、守将朝倉景恒は戦う気力を失っていた。そこへ御大将朝倉義景が二万の大軍を率いて救援に向かったと連絡が入ったが、待てど暮らせどその姿もなかった。

一乗谷に異変があるとの知らせで、途中から引き返したのである。

「ばからしい話じゃ」

景恒はさっさと城門を開けて逃亡した。

「口ほどにもない連中じゃ。一気に一乗谷を攻め落とせ」

信長は勢いに乗じて木ノ目峠を越え、一乗谷に向かわんとした。そのとき、物見の注進が信長のもとにあった。

「敵が城に戻りました」

「なんだとッ」

信長の目がギラリと光った。

落城したはずの天筒、金ヶ崎に朝倉勢が再び籠ったというのである。

「藤吉郎、どういうことじゃ」

といったとき、丹羽長秀が驚くべき知らせをもたらした。

「浅井備前、反覆のよし」

信長が呆然として長秀を見つめた。

「虚説あるべし」

信長が一言いい放ち、

「そのようなこと、あるはずがない。何が不足じゃ」

と強く否定した。しかし、それが事実と分かるや、信長は顔色を変えた。

「あの野郎ッ」

ブルブルと体を震わせ、目を吊り上げ、顔を真っ赤にして、床机《しょうぎ》を蹴飛ばした。

妹お市の婿である浅井長政が、こともあろうに朝倉と手を組んで、自分を挟撃するなどあるべきはずもないことであった。

青天の霹靂《へきれき》であった。

信長は「ううう」とうめき、

「撤退じゃ」

と叫んだ。腹背《ふくはい》に敵を受けては勝つことはかなわぬ。

「馬鹿めが、これほどの馬鹿とは思わなんだ」

信長は吐き捨てるようにつぶやき、

「藤吉郎、京に戻る道を探せ」

と命じた。

藤吉郎と蜂須賀小六は素早く間道を探した。湖西、湖北は浅井と六角の兵が待ち構えておろう。敵が動き出す前に突破しなければならない。

「朽木《くつき》峠がよろしいでしょう」

藤吉郎がいった。

「よし」

信長は近習と馬廻三百騎ほどを従えて、駆け出した。

朽木峠は安曇《あど》川の上流にある丹波高原の谷間で、朽木元綱《もとつな》の領地である。

朽木氏は名門であった。

鎌倉以来の名門、近江国守護家佐々木氏の末裔の一人であった。高島郡にある山間の荘園・朽木荘の地頭として、この界わいを仕切ってきた。館には壕もあった。

俗に朽木谷といわれ、若狭と京都を結ぶ交通路にもなっていた。

天文二十年（一五五一）にはときの将軍足利義輝が、戦乱をさけてここに逃れたこともあった。

穴場であった。

六角氏が戦国大名として佐々木氏を上回ったとき、六角氏の家臣に組み込まれたが、その後は浅井家や朝倉家と付き合いを深めていた。

藤吉郎がそこをあえて選んだのは、ここは木材の宝庫で、奈良東大寺の建築用材も切り出されており、蜂須賀小六の顔もあったためだった。

材木の分野になれば、小六の顔は広い。

信長の手勢に踏み込まれ、藤吉郎もその後から追ってくるとあっては、元綱も信長に屈するしかなかった。

元綱にしてみれば、またとない転身の機会でもあった。

信長は商人を優遇して税収を増やし、堺の商人をもとうに屈伏させ、その財力は凄いものがあった。

「長政は井のなかの蛙《かわず》じゃ」

元綱は周辺にそう漏らしていた。

材木を扱う人間とすれば、堺の商人の存在は大きかった。

堺は日明貿易や南蛮貿易で巨額な富を得ており、鉄砲も大筒も火薬も彼らの手に握られている。

「矢銭を出さなければ焼き払う」

信長は商人たちを脅しあげ、自分の配下にしてしまった。

銭がなければ戦争は出来ない。

落ち目の朝倉と組んでみても、信長の足下《あしもと》にも及ぶまい。

元綱は信長の道案内を務め、信長を助けた。

おかげで信長は、朽木越えで西近江を通り、四月三十日には京に帰ることが出来た。

長政はもっと早く敦賀に入り、一気に攻める必要があったが、躊躇した分、出足が遅れた。

敦賀に攻め入ったとき、信長の姿はもうどこにもなかった。

浅井、朝倉、六角の兵は信長の行方を必死に探した。

「まだ見つからぬか」

長政は焦った。裏切った以上、もはや信長を討つしかない。

峠という峠に兵を出し、探索した。朽木峠は同志である朽木氏が守りを固めており、信長を見つければ、急報してくれると考えた。

そこに大きな落とし穴があった。

「なにがなんでも仕留めてくれん」

六角氏もありとあらゆるところに網を張ったが、ついに追い切れなかった。

信長は虎口を脱した。

2

長政は朽木が信長をかくまい、逃走の手助けをしたことを知って怒った。

「そちと浅井は、付き合いも深い。なぜ通報してくれなかった」

と叱責したが、朽木は無言のままだった。

「斬り捨てましょうぞ」

源助がいった。

「考えれば、拙者の不徳の致すところ、わしとの間に信頼感がなかったということだ。

捨て置け」

　長政がいった。

「そのようなことでは、示しがつかぬ」

　老臣の赤尾や海北もいったが、長政は何も処罰をしなかった。

　そこが長政の人のよさでもあり、詰めの甘さでもあった。

　お市はこの三、四日、食事も喉を通らず、気落ちしていた。

「兄さまが悪いのです」

　そういいながらも、

「なにか仲直りの手立てはないのでしょうか」

　と哀願する日々であった。

「これも運命というもの。お前には悪いが、義兄を倒すしかない」

「されど、兄は強いお方ゆえ、心配でございます」

「なに、いかに義兄が強いお方であろうとも、この小谷の城は難攻不落である。心配には及ばぬ」

「それは分かっておりますが、木下藤吉郎や丹羽長秀、名うての者どもも、そろっております」

「心配はいらぬ、朝倉も六角もおる。義昭将軍もわが味方である」

「しかし、いつ裏切らぬとも限りません」

「それは考えすぎというもの」

「ときがたって、万福丸や茶々の時代になれば、また違った道もあろうぞ」

「それは遠い話です」

お市はいてもたってもいられない、苦悩の日々であった。

長政も同じだった。

癒《いや》しを求めるかのように、長政はお市を抱いた。

「わしから離れてはならぬ」

そういいながら、毎夜、お市を求めた。

しかし、お市はどこかで冷めていた。

脳裏を兄信長がよぎり、ハッとして目を開けるのだった。

「どうかしたのか」

「なにも」

といって長政にしがみつくのだが、兄の顔は、いつも烈火のごとく怒っており、お市は恐ろしくなって、ついには歯をカチカチと鳴らすことさえあった。

しかし、時間が徐々に二人を変えていった。

朝倉の軍勢も続々、小谷城に入り、信長の攻撃に備えて、防備の策を練った。

「城をもっと強固なものにせねばならぬ」

長政は自ら清水谷、須賀谷を回り、

「ここには壕をめぐらそう」

「土塁を高く積み上げるべし」

と指示した。

「国友《くにとも》に鉄砲を発注いたせ」

「大嶽《おおずく》は朝倉どのの居城といたす」

「美濃の国境に砦を増設いたせ」

改革案も次々に示した。

「もっとも大事なことは、何ゆえに戦うかだ。信長は、仏法の敵だ。我らには蓮如上人がついておる。それを忘れるでない」

ともいった。

「大人になった」

孫右衛門は思った。

憔悴した顔にもふくらみが出てきた。恰幅もよくなった。生まれつき大将の器量であったが、昨今、風格も出てきた。周囲への気配りも忘れない。

支城の者どもには、いつも温かく接し、寒い時期には、酒の燗《かん》をほどよくさせて飲ませた。暑い時期には酒を冷やしておき、武将たちの接待に当たった。

老臣とはよく須賀谷の温泉に行き、ともに湯につかった。

「殿は亮政入道の再来じゃ」

赤尾、海北、雨森の三人は、感激ひとしおだった。

「さて、どうだろうか」

といったのは源助である。

人がよすぎては、戦国の世を渡り切ることは困難だった。浅井が頼る越前朝倉に、どれだけの力があるのか。朝倉義景など覇気のないただの男ではないのか。

その男を後ろ楯にして、浅井は本当に勝てるのか。源助にはすべてが危うく見えた。ならばどうする。

長政がそれらを乗り切って、浅井の領地を守り切ることが肝要だった。

一転、信長と手を握ることだって、あるかも知れない。源助は他人がまったく夢想だにしないことを、あれこれ考えていた。

長政の内心も揺れていた。

自分がこの浅井の領地を預かってみて、守ることの難しさを痛感した。

義兄信長のように、鬼神のごとき人間と違って、自分はごく平凡な人間である。父久政は小心者と周りから批判され、自分は祖父の再来と過大の評価を受けているが、そんなものは幻想に過ぎない。

いまとなっては、ただひたすら真面目に、思慮深く、かつ大胆にやるしかなかった。どんなことにも逃げることなく、相手にぶつかるしかなかった。

「見違えるような陣頭指揮でござるな」

源助も喜右衛門も、精力的に動く長政に目を見張った。

人間は悩みを突き抜けると、新しい世界が見えてくるものであった。

義兄信長との決別に当たり、夜も眠れない苦しい日々が続いたが、それも、もう消えた。

過去を振り返るのではなく、前に進むことである。

「私は殿さまについてゆくだけです」

お市がいってくれたことも大きかった。お市も、もう兄信長のことは、口にしなくなった。お市にしても、この小谷の城が自分の館なのだ。子供たちのためにも強く生きることだった。

「お市、なにがあっても、ついて参れ」

「なにを、おおせになるのです、私は殿さまの妻にございます」

お市がいった。

信長が近江に佐久間信盛、柴田勝家、中川左馬介らを配すと、長政は鯰江《なまずえ》の城を固め、一向宗徒の協力を得て、敵の周辺に郷一揆を起こして攪乱した。

あれほど嫌っていた六角とも、これまでにない蜜月のときを迎えた。

隠れ家の甲賀の里から、六角義賢《よしかた》がときおり小谷城に姿を見せた。

家督の義治《よしはる》は武田信玄《しんげん》の元に送り込んでいる。

「いずれ甲斐も動くでござろう」

と含みのある笑みをもらした。

しかし信長も武田とは縁戚関係にあった。

妹婿の遠山友勝の娘を養女にして、信玄の子勝頼の妻とし、男子が出生したが、産後死亡したので、今度は信玄の六女お松を信長の嫡男奇妙《きみょう》の妻に迎える約束を交わした。だから六角のいうことは、眉唾《まゆつば》のところもあったが、先の先を読むなど、なかなか老獪《ろうかい》な男であった。

この男も朽木氏と同じ守護職佐々木氏の末裔で、応仁、文明から百年にわたり観音寺城を居城として、近江の南に君臨してきた。

もともと六角寄りの久政は、お互い肝胆《かんたん》相照らし、

「浅井家とは無駄な戦をしてまいった」

「いかにも、いかにも」

などとよりを戻していた。

昨日の敵は今日の友であった。

「おごれるものは久しからず、信長のような男は、ある日突然、バッタリと倒れるものでござる」

義賢は、思わせぶりなことをいった。

「なにか手立てでも」

長政が聞いた。

「うふふ」

義賢が笑った。

「こちらには、お市の方がおられる。くわしくは申せぬ、うふふ」

義賢は不敵な笑みを浮かべて帰った。

信長には小細工はきかぬと、長政は思った。

姑息な手段で義兄に勝てると思うのは、甘いというものだった。

3

織田家の京都屋敷は信長を迎えて皆、緊張していた。

信長は突然、なにをいい出すかわからない。

機嫌にさわるようなことがあれば、打ち首になることも覚悟しなければならなかった。この世で、これほど怖い人はいないと誰もが思っていた。

信長はすこぶる機嫌が悪かった。なにせ義弟の裏切りで命を落としそこねたのだ。自分を裏切る者が、この世にいるなどと考えたこともなかったので、なにをしても怒りを抑えることが出来なかった。しばらく一人になりたかった。

「誰も、わしのそばに寄こすな」

と小姓に怒鳴り、三日ほど部屋に籠った。人に会えば、不快な思いを相手にさせるだけである。

公家たちがしたり顔で来ることが、腹だたしかった。

奴等は皮肉まじりの目で自分を見た。こいつらの首を切り落とすなど、わけないことだが、屋敷が血で汚れるではないか。

ああ、吉乃《きつの》がこの世にいればと、思ったりもした。

吉乃は嫡男奇妙、次男茶筅《ちゃせん》、長女五徳《ごとく》を生み、信長がもっとも愛した女性であった。

「はやく死にやがって」

信長はぐちった。

「おおう、そうだ」

気を取り直すことも早かった。

「政秀《まさひで》、これしきのことで、わしはへこたれぬぞ」

と叫び、がらりと襖を開けるや、信長は近習や馬廻を集め、浅井攻めの作戦を、次々に指示した。

平手政秀は信長の若き日の守役である。あまりの素行の悪さに自らの命を絶って信長をいさめた。

以来、信長は政秀のことを忘れず、名前を口に出しては、自分をふるい立たせてきた。

「小癪《こしゃく》な長政め、殺してやる」

信長はカッと目を見開き、いつもの自分に戻っていた。

本格的な小谷攻めのためには、一度、岐阜に帰る必要があった。

信長は日野の城主蒲生賢秀《かたひで》親子に案内させ、京都を出て千草越《ちぐさごえ》の峠を急いだ。

五月も下旬となり、もう初夏であった。

汗が流れた。

野鳥のさえずりが聞こえた。

ときおり集落も見えた。

こんなところにも人はいるのか。

信長はちらりと目をやった。

並の人間は、のどかな風景に感じてしまうのだが、信長は違っていた。集落を見つけると、緊張を漂わせた。百姓は決して弱い存在ではないと信長は感じていた。いつ一揆の暴徒と化し、襲ってくるかもしれないのだ。

しかし今日は蒲生の兵が大勢いる。その心配はなかった。

そう思うと気楽になった。

自然をこのように身近に眺めるのは、久し振りだった。

越前から逃げ帰るときは、まわりの風景など目に入らなかった。

逃げるときも電光石火の早業だった。のろのろしていることが大嫌いだった。

今日はどこか気持ちが違っていた。

「なかなかよき眺めじゃ」

珍しく馬を止めて鈴鹿《すずか》の風景に見入った。

この峠は根《ね》ノ平《ひら》峠越えともいい、鈴鹿山脈越えの最短間道である。

信長はいつもこの道を使って京都に上っていた。

滋賀県の神崎《かんざき》郡の甲津畑《こうづはた》から杉峠をへて雨乞岳《あまごいだけ》の山腹を登り、御在所《ございしょ》山の根ノ平峠を越えて三重県の千種に出る難所である。標高千メートルの山を三つも越える山道であった。

七十七曲がりの中ほど辺りに差し掛かったときだった。

突然、十二、三間の至近距離から「ドン」と鉄砲が発射され、信長の胴衣の袖を貫いた。

「あッ」

信長が叫んだとき、またも「ドン」と銃声が響いた。

「殿ッ」

蒲生親子は馬を飛び降りて、信長を見上げた。

「うむ、傷はない、下手くそめが」

信長は穴のあいた袖を見せた。しかし顔は青ざめていた。下手をしたら死んでいたところだった。それもこれも浅井のせいだと思うと、せっかくの気分も吹き飛んだ。

「信長と知って撃ったか、どこのどいつだ、探せッ」

信長は馬を降り、大声で叱咤したが、もう犯人の影はどこにもなかった。

「すんでのところでの命拾いじゃ」

信長は苦虫をかみつぶした。こうなれば、道を急がねばならない。

「やあ」

信長は馬に鞭を当てるや一目散に峠を下った。

蒲生の兵が残って周辺の山狩りをしたが、犯人を見つけることは出来なかった。

この狙撃、実は六角が比叡山の僧杉谷善住坊に依頼したものだった。狙撃失敗の知らせは、ほどなく六角のもとに入った。

「やんぬるかな」

六角は舌うちした。

善住坊は飛ぶ鳥落とす腕前のはずだった。相手が信長とあって、さすがの善住坊も、手元が狂ってしまったのだろう。

「申し訳ございません」

数日後、善住坊が姿を見せた。しかし、こればかりは、如何ともしがたかった。

「当分、隠れておれ」

当座の金を渡して、近江の山中に善住坊を隠した。

長政もこのことを知り、信長の強運に恐れを感じた、。織田勢の探索は鼠一匹逃がさない厳しいものだった。過分な報償を与えるという噂が流れ、信長のもとにも、さまざまな情報が寄せられたが、しばらくは分からなかった。

「いずれ善住坊は、見つかるだろう」

と源助がいった。

世の中には、恩賞目当ての、こざかしい奴がいっぱいいるだけに、とても逃げ切れるものではないと思えた。しかし皆の口は堅く、犯人が分かったのは、浅井が滅んだ後だった。

捕らえられた善住坊は、信長の前で首まで埋められ、竹の鋸で首を挽《ひ》かれた。

信長の刑罰は指を一本、一本切り落とすというむごいものだった。信長は見せしめのため、刃向かった者はことごとく極刑に処した。

4

長政が信長と決別した理由の一つに、一向宗徒の反乱があった。

本願寺宗主顕如《けんにょ》は、信長の宗教政策に反発し、「一揆で対抗せよ」と叫んでいた。

領内の百姓は大半が一向宗の門徒であり、長政にとっては追い風だった。

仏敵信長を討つべく比叡山に登って剃髪し、修業した宮部《みやべ》経潤《けいじゅん》のような家臣もいた。

「下々の力こそが、天下を動かすものでござる」

宮部はいった。

「戦は侍がやるものではござらぬ」

ともいった。

一揆の人々は雑兵とは違っていた。雑兵はなかば強制的に集められた人々である。門徒は信仰の集団である。信仰のためには命を捨てるという熱い信念があった。

山伏
巫女
占い師
祈禱者
念仏僧
そこには、いろいろな人がいた。彼らは病人がいると聞くと、
「診てしんぜよう」
と家に入り込み、病が治るよう祈禱した。
琵琶法師もいて琵琶を聞かせて布教に当たった。
一向宗に入信すると、その家を中心に講《こう》が作られ、いくつかの家族が集まって祈った。
こうして信長を包囲する一揆集団が、近江の各地に張り巡らされた。
「下々から見放されたとき、信長は滅びましょうぞ」
宮部は自信ありげにいった。
長政も宮部の話に聞き惚れた。
長政は信長との決戦に備えて新たな軍団も編成した。
大将に抜擢したのは浅井井規《いいのり》、赤尾新兵衛と宮部である。宮部は小谷城の前に砦を

築き、防備を固めた。すべての動きに将軍義昭がからんでいることも浅井、朝倉連合軍に有利に働いた。

「信長は毒蜘蛛の巣にかかったも同然でござる」

宮部はカラカラと笑った。

長政は宮部のいう毒蜘蛛には興味を覚えたが、自分は毒蜘蛛ではない。

「毒蜘蛛は誰を指すのだ。わしではないぞ」

といった。

「これは大変、失礼を致しました。もちろん義昭でござる。あの男は妖怪変化、六角も蜘蛛の一種でござろう」

と答えた。

偶然というか、そこへ六角義賢が訪ねてきた。毒蜘蛛の話を聞いて腹を抱えて笑い、

「柴田勝家も、いずれ命運はつきるでござろう」

と鼻をうごめかせた。

江南で目を光らせているのは勝家である。勝家の鉄砲隊は手強《ごわ》い。怪我しなければいいがと長政は思った。

しかし景気のいい話ばかりではなかった。

気掛かりなのは越前朝倉だった。

聞いたところでは、越前の当主朝倉義景が、政務を放棄しているというのだ。

義景は子供に恵まれなかった。

最初、管領細川晴元《はるもと》の娘を娶ったが、女子一人を生むと早世した。

次に小宰相の局《つぼね》との間には、男子が誕生した。阿君《くまぎみ》である。

ところが、オサシという女房が、阿君の乳母が羽振りがいいのをねたみ、乳母を毒殺し、その乳を飲んだ阿君も死んだというのだ。

お家騒動がからんでいるというもっぱらの噂だった。

その後、小少将《こしょうしょう》の局を迎え、男子愛王《あいおう》が誕生した。

義景は可愛くて仕方がない。小少将と愛王にかまけて、政務はそっちのけだ。この大事な時期に朝倉家は主人不在といってもよかった。

信長との決戦を前に長政がもっとも願うのは、義景が自ら兵を率い、駆け付けてくれることだった。

だが、来られそうにもないというのが最新の知らせだった。

長政の顔に影が走るのは、そのせいだった。

「殿、朝倉どのは本当にやる気があるのでござろうか」

源助は心配のあまり、いつも口にした。

「心配はいらぬ」

長政はいつもそう答えた。

主君が腑抜けのせいか、朝倉の用兵のまずさも目をおおうものがあった。

信長が退却するとき、朝倉勢は朝倉景鏡《かげあきら》を総大将に魚住景固《うおずみかげかた》、山崎吉家《よしいえ》、福岡石見守、勝蓮華右京進《しょうれんげうきょうのしん》、溝江《みぞえ》河内守ら二万騎を江北に向かわせた。

景鏡は義景の従兄弟である。

景鏡は後に義景を裏切って信長に下るが、一揆に追われて自害する。ほかの重臣も同じような運命をたどる者が多く、すでにこの頃から腰のすわらない者が多かった。

あのとき、長政は小谷から南二里の横山城に朝倉の兵を受け入れ、信長の反攻に備えたが、朝倉勢は美濃に攻め入ることもなく、すぐに越前に帰国してしまった。

その後、六角が柴田勝家との戦闘で、七百人もの死者を出してしまった。案の定、鉄砲隊にやられたのだ。

六角のいうことが、あてにならないことが、これではっきりした。

「なにが勝家をやっつけるだ」

源助が皮肉った。

『武功夜話』に六角と勝家の戦いに関する記述がある。

「このたび江北の浅井が反覆し、近江の形勢は一層厳しくなった。これに加えて一向宗徒の蜂起があり、各所に煙があがり、織田の出城長光寺《ちょうこうじ》に攻め寄せてきた。城在番は柴田勝家、佐久間信盛の人数二千有余人である。水を絶たれ苦難の籠城だったが、豪勇の柴田と佐久間が一揆勢を切り崩した。また木下藤吉郎が二条城でこれを聞き、ただちに救援に向かい、所々の神社仏閣に火を放ち、一揆を追い崩し、多賀《たが》まで進軍した」

多賀はいまの近江八幡市である。六角といっても戦闘部隊は一揆勢だった。これが意外な波紋を呼ぶ。

信長は「よし、いまだ」と即座に行動を起こした。

姉川の合戦

1

「大軍が攻めてきましたぞ」

喜右衛門がいった。

その顔は引きつっている。

長政は近江と美濃の国境に二つの砦を整備し、信長の侵攻を阻止せんとしたが、その一つが信長に投降し、やすやすと大軍を通過させてしまった。

信長は竹中半兵衛を軍師に抱え、こまかに作戦を練り、戦わずして相手を寝返りさせる調略にも長《た》けていた。

物見の知らせでは、信長の軍勢はあいも変わらぬ豪華絢爛《ごうかけんらん》たるものだった。

これ見よがしに鉄砲隊、朱塗りの大槍、けばけばしく金銀で飾った信長の兜や鎧《よろい》、うつけ者時代の信長を彷彿《ほうふつ》とさせる軍装である。

「鉄砲隊の数は」

長政が聞いた。

「千とも二千とも豪語いたしておるとか」

喜右衛門が答えた。

信長の鉄砲隊の威力は凄いものがあった。

越前攻めのとき、朝倉の軍勢は、信長の鉄砲隊に散々、苦しめられた。

それは百雷が一時に鳴り渡るような轟音であった。

四辺に真っ黒な煙があがり、信長軍の何倍もの朝倉勢が立ち往生した。

戦《いくさ》は鉄砲の時代になりつつあった。

柴田勝家、佐久間信盛、木下藤吉郎、丹羽長秀らの鉄砲隊が、先頭に立って攻めて来よう。これに対する浅井の鉄砲隊は、信長の鉄砲隊の三分の一にも満たない。まともに撃ち合っては敵わない。

敵の鉄砲をどう封じ込めるかであった。

喜右衛門は、信長の戦力を正しく把握していた。

だからこそ、信長を襲って命を奪おうとした。

鉄砲隊に対抗するもっともいい方法は、小谷に籠城することであった。

弾薬も食糧もある。二年や三年は十分に耐えることが出来よう。しかし支城は信長に切り崩され、孤立し、いずれは小谷城も奪われてしまうだろう。

それを防ぐには、積極的に討って出て、信長を追い詰めるしかなかった。

長政は急いで越前朝倉に援軍を求めた。

姿を現した信長の軍勢は大軍だった。

尾張、美濃、伊勢三国の人数一万八千有余騎、それに徳川家康の軍勢三千有余騎が現れた。信長は小谷の前方に見える虎御前山《とらごぜやま》の山上に本陣を構えた。

城から南西に約四キロの地点である。

ここの山全体に幟を立て、陣太鼓を打ち鳴らし、法螺貝《ほらがい》を吹いた。

南無大菩薩王城鎮護《なむだいぼさつおうじょうちんご》
の旗が何十本も立った。

湖水には二百艘もの軍船を浮かべ、兵員や食糧を運んだ。

「藤吉郎、長政をおびき出せ。善悪容赦なく殺すのだ」

信長が叫んだ。

藤吉郎は即座に行動に移った。

瓢簞《ひょうたん》印の藤吉郎の軍勢は、一向宗徒と目される集落に火を放ち、小谷城周辺の集落をも襲った。

「ちくしょう」

浅井勢は歯ぎしりした。朝倉の軍勢が来るまでは待機せよと、長政が伝えており、ここは藤吉郎の悪行を見逃すしかない。

浅井勢が動かぬとみるや、藤吉郎の騎馬武者は、旗指物を風になびかせて、真っ直ぐ清水谷に向かってきた。

「あぁ」

人々は悲鳴をあげた。

騎馬隊は清水谷の壕を乗り越え、土塁を駆け上がり、武家屋敷や商人屋敷に乱入した。まさか、ここまでは来るまいと誰もが思っていた。その油断をつかれたのだ。

不運にもこのとき、清水谷には女子供や商人《あきんど》、寺の住職などが大勢いた。

突然の襲撃だった。

「おなごをさらえ」

藤吉郎の兵は逃げ惑う女を捕らえて、馬にくくり付け、よたよた走る老婆の首を刎ね、僧侶を突き殺し、すべての家に放火した。

「町屋炎上、業火の黒煙天日を覆い、一揆勢を見つけ次第に討ち取り、ために叫喚《きょうかん》四辺に鳴り響き、この世のものとも思われず候」

と『武功夜話』にある。

凄まじい殺戮《さつりく》だった。

「殿、出陣のご下知をッ」

喜右衛門が叫んだ。

長政に迷いがあった。一瞬、狼狽《うろたえ》た。

「殿、即座のご下知を」

喜右衛門はもう一度、叫んだ。

「打ち払え！」

長政がようやく軍扇を振り下ろした。

浅井勢は山を駈け下り、鉄砲を放ち、敵の騎馬隊を追い散らしたが、目の前まで敵の侵入を許し、清水谷を焼失したことの衝撃は大きかった。

「恐ろしき者どもじゃ」

赤尾や海北は体を震わせた。

「藤吉郎め、やることが惨《むご》い」

源助が歯ぎしりした。

「かくなる上は、信長と刺し違えてやる」

喜右衛門がうめいた。

赤尾や海北、雨森らの老臣は無言のまま、この光景に見入った。

物見の知らせでは、堅田《かたた》、唐崎《からさき》、三井寺《みいでら》の神社仏閣は残らず放火され、いずこも年老いた老婆から童《わらべ》にいたるまで、殺されているという。

「信長は悪魔じゃ」

久政は顔をおおった。

老臣たちは信長を軽く見ていたきらいがあった。

お市は呆然として、兄信長の戦を見つめた。

「恐ろしや」

子供たちもおびえた。

嫡男の万福丸は、信長が伯父であることを知っている。それだけに子供心に母親のことが気になる。

「母上、大丈夫ですか」

と、しきりにお市の顔をのぞき込んだ。

「心配には及ばぬぞ。敵は逃げていったではないか」

万福丸を励ましたのは、源助の嫡男、与吉である。

万福丸の面倒を見るようになって数年がたち、もう十五歳の若者である。源助よりはるかに背が高い。腕っぷしは一段と強くなり、槍をとったら敵う者がいないほどだ。

「与吉、浅井の兵は強いのか」

万福丸が聞いた。

「あたりまえでござる。必ず敵をやっつけてご覧にいれますぞ」

与吉が答えた。

「万福丸、父上は強いお方ですぞ。安心して見ているがよい」

お市は毅然とした顔でいった。しかし内心は乱れに乱れていた。兄がこれほどの大軍を出して、自分を取り囲むとは、信じがたいことだった。恐れていたことが、現実となったのだ。小谷城におけるお市の立場は、針の筵《むしろ》だった。


信長の戦は、老臣たちが行なってきた戦と、まったく性格が異なっていた。双方の兵士が斬り結ぶのではなく、敵の領土を焼き尽くすという恐るべき作戦だった。領主たるべき者が最低限、やらねばならないことは、領民の百姓たちの土地と命を守ることだった。

そこに領主と領民の結び付きがあった。

それを断ち切る、惨《むご》い作戦だった。

領民は戦争におびえ、次々に信長の陣営に組み込まれ、浅井は日に日にやせ細ってゆくに違いない。

「これは容易ならざる戦じゃ」

孫右衛門が天を仰いだ。

長政は朝倉の援軍を待った。

「殿、朝倉の兵が」

源助が右手の山間《やまあい》を指さした。

キラキラと初夏の陽光を浴びて朝倉の軍団が、近づいていた。

「おおう」

城内に喚声がわいた。一万有余の大軍団である。

お市もこのときばかりは、涙があふれる思いだった。

もう自分は信長の妹ではない。小谷の大将浅井長政の妻である。お市は何度も目頭をこすって朝倉の軍団を見つめた。

動きの悪い朝倉にしては、素早い行動だった。

小谷が落城するようなことがあれば、信長の軍勢は怒濤のごとく越前に向かい、一乗谷に殺到するだろう。そのとき、朝倉はどうなる。この前の戦いから察して防ぎ切ることは難しい。

義景も、背筋が凍る思いにかられて、大軍を送り出したに違いなかった。ここはなにがなんでも信長を近江に、留《とど》めておかなければならなかった。青白い顔でうずくまっていた久政の顔に、赤みがさした。

「長政、どうじゃ。朝倉どのは律義なお方じゃ」

久政がいった。

「朝倉どのとは、一心同体でござる」

長政の顔にも安堵の色が浮かんだ。

小谷城は堅固である。ここに籠っていては支城を見殺しにすることになる。

磯野員昌の佐和山城、長浜に近い横山城は絶対に、守り切らねばならない。

そのためには朝倉勢の支援のもとに、城外に討って出る必要があった。

2

朝倉の大将朝倉景健《かげたけ》は小谷城と龍ヶ鼻《たつがはな》の中間、大依山《おおよりやま》に本陣をおいた。

景健は朝倉軍団の総大将を務めた朝倉景隆《かげたか》の末子である。

若いだけに覇気がある。

長政は即刻、酒や兵糧を朝倉軍のもとに運ばせた。

「我ら火の玉となって信長と戦わん」

景健から伝言が届いた。

「されば、決着をつけん」

長政は小谷城を下って大依山に本陣を移した。

「遠路、ご苦労でござった」

「なんの、信長に借りを返さねばならぬ」

二人は堅く手を握った。

浅井と朝倉の関係について、さまざまな説がある。

福井の人々は、浅井を朝倉軍団の一員と見る人が多い。確かに姉川《あねがわ》の合戦の場合も長政の兵は多くみて八千である。河畔の藪に潜ませた百姓を加えても、一万前後であろう。もともと朝倉に組み込まれていたのだと主張する。

近江は違う。朝倉とは友好関係にはあったが、属国ではない。だから信長とも手を結んだのだと語る。

どちらにも一理はあるが、はっきりしていることは、もはや朝倉なしでは、浅井が立ち行かないという現実である。勝敗の行方も朝倉に握られていた。

信長は意外だという顔をした。

朝倉の軍勢が来ることも十分に計算ずみである。ノタノタしていると思ったら、早く来たのは驚きだった。しかし朝倉など一日で蹴散らせると思っている。

「鉄砲を撃てば、我れ先に逃げ出す連中じゃ」

藤吉郎を相手に強気であった。その眼は爛々《らんらん》と光っていた。

「長政に吠え面をかかせてやるわ」

翌朝、信長は虎御前山を下って、横山城に近い龍ヶ鼻に本陣を移した。

横山城に緊張が走った。目と鼻の先に信長の大軍が現れたのだ。

この城は姉川の河畔にそびえる臥龍山《がりゅうざん》の山頂に築かれた山城である。

南近江を押さえる拠点であり、ここを失えば、浅井の領地は半減する。

浅井は絶対死守であった。

「殿に援軍を求めよ」

城将の大野木土佐守が近くの大依山に使者を送った。

長政はここに大野木のほか三田村左衛門尉《さえもんのじょう》、野村伯耆守《ほうきのかみ》ら古くからの重臣を入れていた。

これを見捨てるようなことがあれば、浅井の軍団は崩壊する。信長に降伏する者も出よう。ここは、なにがなんでも横山城を守らねばならなかった。

元亀《げんき》元年（一五七〇）六月二十八日――。

浅井、朝倉連合軍一万八千、信長、家康連合軍二万九千が、姉川をはさんでついに激突する。

この戦、一般には姉川の合戦と呼ばれるが、浅井、織田勢は野村合戦、朝倉勢は三田村合戦と呼んでいる。

前夜、浅井、朝倉連合軍は軍議を開いた。

「夜間に兵を進め、明日早朝、敵の本陣を急襲する」

長政はいった。

「されど、藤吉郎は油断がならぬ、ここは様子をみるべきかと」

消極的な意見が相次いだ。

「そのようなことでは、横山城は守れぬ。一気に信長の本陣をつくべし」

喜右衛門が大喝した。

喜右衛門は重臣たちの及び腰に、あきれていた。清水谷が焼かれたというのに、自ら攻めんとする大将がいなかった。

それを見過ごした主君長政に、活《かつ》を入れる意味もあった。

御大将がためらっては、勝てる戦も勝てなくなる。

喜右衛門は、それをいいたかった。

この圧倒的な兵力の差を乗り越えるには、気迫しかないのだ。

「そちは強気だが、成算はあるのか」

弓削《ゆげ》六郎左衛門尉がいった。

「いかにも」

「どのような」

「敵本陣に紛《まぎ》れ入り、信長を討ち取ってご覧にいれよう」

「ほう」

「それなら明朝、一気に攻めよう」

弓削がいった。

両軍は相手の動きに合わせて夜間から行動を開始した。
浅井、朝倉の連合軍は川を渡って対岸の野村、三田村に布陣し、信長と家康の連合軍は横山城を背に対峙した。
浅井勢は野村に布陣し、越前勢はそこから約一キロ西の三田村に布陣した。
『浅井三代記』によると浅井勢の布陣はこうだった。
一番手　磯野員昌《かずまさ》千五百人余騎
二番手　浅井雅楽助《うたのすけ》
三番手　阿閉貞征《あつじさだゆき》
四番手　新庄直頼《なおより》
五番手　東野行成《ひがしのゆきなり》
六番手　浅見対馬守《つしまのかみ》

本隊　　浅井長政三千五百余騎

八千の軍勢をこのようにふり分けた。二番から六番の軍勢は五百から千程度であった。

この配置は長政が熟考の末に編み出した。

磯野は最大の出城佐和山城の城主である。阿閉も西阿閉の城主、浅見は尾上《おのえ》城、新庄は朝妻《あさづま》城、東野は東野城の城主、またはその家柄である。多くは館といった方がいいかもしれないが、所領を安堵され、領民がいる。もし戦に破れれば、城も領地も失うのだ。

一人、一人に重大な責任がかかっていた。

「我らは仏敵信長に戦いを挑む。これは正義の戦であるぞ！」

長政は大喝した。

喜右衛門の苦言が身にしみた。おのれの中に怯懦《きょうだ》な性がすみついていた。絶対に負けられない。

長政は前方を睨んだ。

その傍らには忠臣喜右衛門がいた。

3

仏敵打倒
南無阿弥陀仏叡山法灯鎮護
厭離穢土欣求浄土《えんりえどごんぐじょうど》
何百という旗印が風に舞った。
長政は民百姓の蜂起にも期待を寄せた。田畑を荒らされ、家族を殺され、妻女を奪われ、そこかしこに怒りの声が渦巻いていた。
「一向本願の宗徒、日を追ってその数、ここかしこ、数百、数千の人数、南無阿弥陀仏の六字の名号を掲げ、阿弥陀仏の念仏を口々に懸《かか》り来たる様《さま》は、この世のものとも思われず候」（『武功夜話』）
信長軍がこれらの人々を即座に殺したのは、恐怖の裏返しであった。
朝倉勢は朝倉景健率いる八千で家康の三千に当たる。
数の上では朝倉軍が有利であった。
「徳川を一気に蹴散らし、朝倉の名を高めよ」
景健が高らかに宣言した。

朝もやのなかに、ぼんやりと、信長の大軍団が見えた。

対岸はおびただしい軍勢で埋まっていた。

川面は朝の陽光に光り、周囲に卯の花が乱れ咲き、それはのどかで信じられぬ異界の光景だった。

村人は遠くの山に逃れて、眼下の光景に見入った。竹槍を手に藪に潜んだ人もいた。

戦となれば、どこからともなく盗賊も現れる。戦場には金目のものが、山ほどあった。何百人、何千人という人が、この川で朱に染まって流されてゆくに違いない。

刀、槍、鎧、兜が散乱し、ひょっとすると死体の懐には金もあるだろう。

盗賊たちも姉川に集まっていた。

「これが、浅井の運命を決めるのか」

長政は天を仰いだ。

お市の顔が浮かんだ。子供たちの顔も浮かんだ。

絶対に死なぬ。義兄を殺すまでは死なぬ。

長政は顔を叩いて、自らを奮い立たせた。

長政の側近、片桐孫右衛門と藤堂源助にとっても、この戦いは特別な意味を持っていた。

嫡男の初陣である。

孫右衛門の嫡男助作は父とともに戦い、源助の嫡男与吉は、槍を引っ提げて磯野の軍に加わる。孫右衛門と源助は、しきりに息子たちを気づかった。

そのとき、対岸から鐘や太鼓が鳴り響き、鉄砲が轟然と放たれ、静寂が破られた。

「てめえら皆殺しだッ」

「とっとと帰れッ」

足軽や雑兵が叫んだ。

刻々と興奮が高まった。

「殿、勝利は我らが手に」

喜右衛門がいった。

「与吉、そちにとって晴れの舞台じゃ。命を惜しむでない。わしの後に続け」

源助が息子にいった。

「父上、ご安心あれ」

与吉が不敵に笑った。あごの髭がたくましい。

「殿、武運長久を祈ります」

喜右衛門が長政に一礼した。

磯野の軍に加わり、間もなく突撃する。かたわらに家来の才八がいた。

「命を無駄にしてはならぬ。必ず戻って参れ」

長政がいうと、喜右衛門は「はッ」といって馬にまたがった。目はうるんでいて、悲しみを必死に堪えている様子だった。

それが長政と喜右衛門の永久《とわ》の別れであった。

喜右衛門はすでに遺書をしたため、これを最後の戦いと決めていた。

自分が死ねば、若者たちが自分の屍《かばね》を乗り越えて、信長に迫ろう。浅井の恩顧に酬いる道はそれしかない。喜右衛門は、自分の死に場所はここと決め、心のなかは晴れ晴れとしていた。

「殿、喜右衛門どののこと、我らがお守り致す」

源助がいった。

「そうしてくれるか」

長政がいった。

「孫右衛門どの、殿を頼むぞおー」

喜右衛門が遠くから叫んだ。

卯の刻、午前六時、西の三田村口から戦闘が始まった。

朝倉の先鋒が喚声を上げて川に突っ込んだ。

水深はたかだか一メートルである。朝倉の先鋒は、しゃにむに川を突き進んだ。

川の途中まで渡ったときである。あちこちの中洲から徳川の鉄砲隊が激しく発砲し、朝倉がたじろいだところに、徳川の先鋒酒井忠次《ただつぐ》が、水飛沫《しぶき》をあげて突進して来た。朝倉勢は槍で突き、刀を振りまわし、相手を馬からひきずり下ろして、川に沈めた。

「かかれーッ」

浅井の先鋒磯野員昌が、三千騎を率いて川に飛び込んだ。

馬蹄の音が江北の山河に轟いた。

先頭をゆくのは源助と与吉である。あちこちに、こうした親子や兄弟がいた。一族郎党が固まって戦うのが常だった。

敵は十三段の鉄壁の構えを築いていた。

先鋒の坂井政尚《まさひさ》、二番手池田恒興《つねおき》、三番手木下藤吉郎、四番手柴田勝家、五番手中条家忠《ちゅうじょういえただ》、一騎当千の兵が鉄壁の守りを固めた。

それを突き破らなければ、信長の本陣には到達出来ない。

猛将の磯野は敵先鋒の坂井勢を次々に血祭りにあげ、坂井の嫡男久蔵ら百人を討ち取った。

先陣のなかで、与吉の阿修羅の奮戦がひときわ目を引いた。

いの一番に敵中に突進し、敵の雑兵を突きまくった。

「藤堂のこわっぱめ、一番槍とはさすがじゃ」

大将の磯野も驚く活躍だった。

「殿に見せたいものじゃ」

源助も目をほそめた。

浅井勢の激闘に信長の二番手が突っ込んできたが、磯野はこれをも突きまくり、木下藤吉郎、柴田勝家の軍勢を川に引きずり出した。乱戦になると、どちらが敵か、どちらが味方か判別がつかなくなる。

鉄砲も弓も役に立たない。

川岸の雑兵は石を投げて応戦した。

姉川は修羅場と化した。磯野はついに川を渡り切り、信長の本陣を目指した。信長の馬廻衆が必死の防戦で、なんとか食い止め、そこに藤吉郎の軍勢が駆け付け、円を描いて磯野を囲んだ。

「なにをこしゃくな、信長はどこだッ」

磯野は斬りまくった。そこに喜右衛門もいた。源助も与吉もいた。

「わああ」

浅井勢は獅子奮迅の戦いぶりで、信長の本隊を追い詰めた。信長の近習や馬廻衆は、何人も突き殺され、藤吉郎も青ざめた。それほど浅井勢は強かった。

味方の大善戦に、長政もいよいよ渡河せんとしたとき、横合いから西美濃の稲葉一《いっ》鉄《てつ》がなだれ込んだ。

突然の乱入に浅井の二番手、三番手は慌てふためき、大きく崩れた。朝倉の軍も徳川に押しまくられた。

これを見た信長の本隊が勢いを盛り返し、今度は磯野の軍勢が崩れた。

流れが一瞬にして変わった。

浅井雅楽助が敵の雑兵に取り巻かれて落馬し、若手の武将も次々と討ち取られた。

こうなると止めようがない。磯野の雑兵たちは、我れ先に逃げ出した。血まみれになって引き揚げてくる将兵を長政は大声で叱咤した。

源助が髪を振り乱し、駆け戻った。源助の馬はそのまま倒れた。

「味方苦戦、殿、本隊を率いて突撃してくだされ」

息もたえだえだった。

こうしてはおれない。磯野を助けねばならない。

「馬を引けッ」

叫ぶやいなや長政は、馬に飛び乗り、まっしぐらに川に乗り入れた。

「殿ッ」

孫右衛門が飛び出し、長政の前に立ちはだかった。

「戦はこれからでござるぞ、お戻りくだされ！」

孫右衛門は長政の馬を岸辺に向け、鞭を入れた。

激闘四時間、川面は戦死者の血で朱に染まった。

「喜右衛門はどうしたッ」

長政は絶叫した。

もうどこにも喜右衛門の姿はなかった。

「横山城、持ちこたえること困難」

「磯野どの、佐和山城に向かわれました」

「小谷に引き揚げるべきかと」

伝令が次々に飛び込んで来る。

長政は必死に自分を取り戻そうとするが、混乱するばかりだった。

朝倉勢の敗退も誤算だった。たった三千の徳川の兵に手こずり、中間に位置していた稲葉など西美濃の兵に手柄を立てさせた。

あと一歩まで信長を追い詰めたのに、結果は無残だった。

「無念だ」

長政は泣いた。

4

浅井勢の敗色は濃厚となった。

信長の鉄砲隊は崩れた浅井勢を銃撃し、前後左右から槍を入れた。

もう立て直すことは出来なかった。

磯野は後日を期して与吉らを連れて脱出した。そこに喜右衛門の姿はなかった。

喜右衛門は信長と差し違えんと、倒れた浅井軍の三田村左衛門尉の首を掻き斬り、血だらけの首を引っ提げて、敵中に踏み留《とど》まった。

「御大将はいずこに、おわしますぞ、敵将三田村の首を討ち取ったり」

大声で信長の本陣に近づいた。

「その者、味方ではあるまい、何者かッ」

軍師竹中半兵衛の弟久作が呼び止めた。

「かくなるうえは、その方を道づれに」

組み討ちになったが、相手は若い。ついに押さえ込まれた。

「首を刎ねよ」

喜右衛門はいい放った。長政の顔が浮かんだとき、久作の脇差が喜右衛門の首を貫いた。家来の才八も数名の敵を倒し、その場で斬り死にした。

浅井の有能な武将たちが、次々と戦場の露と消えた。

この日、浅井雅楽助兄弟、弓削六郎左衛門尉、阿閉五郎右衛門、狩野次郎左衛門らが首を取られ、朝倉勢では、真柄《まがら》十郎左衛門親子三人が討ち取られた。

真柄は大力無双といわれ、五尺三寸の大太刀を振りかざして、徳川の兵を斬りまくったが、多勢に無勢、槍で突かれた。前波新八、前波新太郎らも戦死した。

「味方の討ち取った首は八百余、討たれし兵千七百」

『浅井三代記』の記述である。

猛将磯野は五百の兵をまとめて敵中を突破し、佐和山城に戻ったが、横山城は風前の灯である。浅井勢は敗退した。

なぜか信長は追撃はしなかった。

浅井の重臣安養寺三郎左衛門尉は兄弟を皆討たれ、従者も失った。

浅井の大将たちが、小谷を目指して逃げるのを見たとき、安養寺に義憤が湧き上がった。

由緒ある安養寺の領主としての誇りが逃げることを拒んだ。

もう側《そば》には従者もいなかった。たった一騎の突撃だった。

「やあっ！」

馬首を戦場に向けるや、まっしぐらに敵中に躍り込んだ。

敵を求めて駆け回り、斬り結んだが、信長付きの小者たちに取り囲まれて落馬した。

「なんの」

と立ち上がろうとしたが、十重二十重に押さえられ、縄で縛られて、信長の前に引き立てられた。

信長とは面識があった。お市の方の婚儀のとき、岐阜城に信長を訪ね、親しく歓談していた。佐和山や京都でも会っていた。浅井勢のなかでは、信長ともっとも深い付き合いがあった。

「安養寺ではないか」

信長が驚いて叫んだ。

「いかにも、さあ、首を刎ねられよ」

安養寺は信長を睨み付けた。信長が声を掛けたので、小者たちが飛び退いた。

「この者には子細がありそうじゃ。手出しを致すなッ」

信長がいい、浅井勢の首が並べられた。

「これは誰じゃ」

信長は首を指さした。安養寺の顔に悲しみの影が走った。

「弟の甚八郎でござる」

じっと見つめる安養寺の目から涙がこぼれ落ちた。

「これは」

「遠藤喜右衛門である」

「やはりそうか、長政の忠臣と聞いておったが」

「その通りだ」

安養寺は食い入るように喜右衛門の首に見入り、深く吐息をもらした。

「長政には過ぎた家臣だ」

信長はいい、三十ほどの首を見せ、一人一人、名前を聞き出しては、うなずいた。

「安養寺、そちに聞きたい」

「これ以上、答えたくはござらぬ。首を刎ねられよ」

安養寺は目を閉じた。

「まあ聞け、長政の兵は何の役にも立たない弱兵じゃ。小谷など即座に落とせる。そちはどう思うか」

信長がいった。周囲に信長の重臣たちが集まった。

藤吉郎の顔もあった。旧知の不破光治も飛んできた。

安養寺が目を開いた。

「今日は武運つたなく破れたが、小谷には久政の兵三千、城番井口越前守の兵五百、さらに千田采女正、西野入道の兵、二、三百がある。落とすこと叶《かな》わぬ」

安養寺はキッと信長を見つめて、いい放った。

信長が立ち上がった。信長が自ら安養寺の首を刎ねるのか、誰しもが思った。しかし、そうではなかった。

「皆の者、安養寺のいい分、もっともなり。小谷攻めはやらぬ。光治、そちは、安養寺を小谷まで送り返せ」

と強い声でいい、安養寺に近づくや、脇差を抜いて、一気に縄を切った。

光治は安堵の溜め息をもらした。

このとき信長の胸に去来したものは何だったたか。

お市のこともあった。

義弟長政の顔も浮かんだ。

「馬鹿めが」

信長は低くつぶやいた。

有能な家臣をこれほど多く殺して、そちは何を考えているんだ。そちが許しをこうなら許すこともやぶさかではない。そんな思いすら信長の胸にあった。

この戦で信長が唯一見せた温情であった。

5

これで戦が終わったわけではなかった。

川岸のあちこちに、浅井の怪我人が放置されていた。

雑兵たちは、争って首を刎ねていた。

死体や怪我人は刀や槍、脇差、鎧、兜を身に着けており、それをはいで集めている者もいた。主のいない馬は高価な拾いものだった。

それらを売り飛ばすのだ。

雑兵たちは、たとえ戦に勝っても恩賞はなかった。夜盗のように戦利品を集めて持ち帰るか、市場に売るのだ。侍たちも同じであった。

乱取《らんど》り
分捕《ぶんど》り
苅田《かりた》
いろいろあった。

乱取りは、女や子供を捕まえて売り飛ばしたりする。分捕りは手当たり次第に盗むことだ。苅田は田畑を荒らし回ることをいう。

信長はときとして、これらの狼藉を嫌った。だから信長の軍団は、比較的規律がよかった。

信長はいつもの冷酷な顔に戻っていた。

「藤吉郎、徹底的に痛めつけてやれ」

信長は吐き捨てるようにいった。

略奪、暴行をしてもよいという信長の御墨付きである。

侍も雑兵も大手を振って略奪、暴行、放火、なんでも出来るのだ。

皆、喚声をあげて、村落に押し入った。

年寄は殺し、若い男女は生け捕った。

戦が終わると、どこからともなく人の売り買いの市場が開かれ、一人幾らで取り引きされた。後年、藤吉郎は戦のたびに、大掛かりな市場を開いている。

この頃に覚えた悪辣な行為だった。

略奪は各部隊が激しい競争になることも、しばしばだった。

殴り合いの喧嘩になり、負けた方が火を放ち、なにもかも燃やしてしまうことすらあった。地元に幾つかの秘話が残っている。

逃げ遅れた親子づれが見つかった。

女は抱いていた赤子を捨て、男の子の手を引いて逃げた。

女はすぐにつかまって縄をかけられた。

「なにゆえ、赤子を捨てた」

小者頭は聞いた。女は泣きながらいった。

「ふたりとも私の子ではありません。男の子は夫の甥、赤子は私の姪です。夫の甥子を捨てるわけにはまいりません」

「夫はどうしたのだ」

「戦につれて行かれ、どうなったのか、分かりません」

女はオイオイ泣き出した。小者頭には、おなじ年頃の子供がいた。

「分かった。二人をつれて、どことなりに落ち延びよ」

女は釈放された。

雑兵たちも、身につまされて、三人を見送った。

来る日も来る日も戦だった。

百姓は野良仕事のとき、畔道に刀や槍を立て田植えをしたり、稲刈りをしたりした。城や出城から太鼓や鐘が鳴り、法螺貝の音が聞こえると、すわ一大事と城に駆け付けた。

こんな戦がいつまで続くのか、民百姓の本音はそこにあった。しかし群雄割拠の戦国時代に、やすらぎの暮らしなどあるはずもなかった。

信長はこの夜、誰も近づけず、一人瞑想していた。

どう考えても長政に腹が立った。

いい奴だと思っていただけに、余計腹が立った。

口には出さないが、これからでもいい、手を握りたいとも思った。

しかし、ここまで戦った以上、その道は厳しかろう。

信長はもう一度「馬鹿めが」とつぶやいた。

この戦の模様を将軍義昭に送った信長の書簡がある。

「越前衆ならびに浅井備前守が野村と申すところに、繰り出し人数を整えた。越前衆一万五千人ばかり、浅井衆は五、六千である。こちらから切り懸り、大勝利をあげた。討ち取った首は数えきれないほどである。

野も山も死骸ばかりである。天下のために大慶《たいけい》の至りである。

すぐ小谷の城を攻め崩すところだが、城は堅固なので、ひとまず兵を引いた。越前、朝倉ともに物の数ではない。横山城の芋どもは、種々詫びを申して来たが、討ち果たす所存である。佐和山城は取り囲み、ただちに上洛する所存である」

裏で朝倉を操っていた義昭に対する痛烈な脅しであった。

野も山も死骸ばかりという表現が、恐ろしかった。

手紙を読んだ義昭の額から汗がしたたり落ちた。

比叡山焼き打ち

1

長政は小谷城の本丸から湖北の大地を見つめていた。

悠々と鷹が大空を舞い、琵琶湖は鮮やかに輝いていた。

信長をあそこまで追い詰めたのだ。完敗というわけではあるまい。しかし千数百という戦死者は、あまりにも大きかった。横山の城も放棄せざるを得まい。

信長にしてやられたことは間違いなかった。

それにしても朝倉勢の意外な敗退には、大いに落胆した。

家康に敗れなければ、信長を仕留めることが出来たのだ。

無念であった。

長政にはもう迷いはなかった。信長を追い詰め、自ら槍で突き止めることも辞さぬ覚悟で戦場に臨んだ。勝敗は時の運である。おのれに恥ずべきことはなかった。

「殿さま」

お市が長政を気づかった。

「心配には及ばぬ」

長政がお市をいたわった。

長政はこの日、安養寺を呼んで信長の様子を聞いた。

安養寺は琵琶湖のほとりにある安養寺村の領主である。古い家柄で、地域に信望があった。村に要害を構え、四百ほどの雑兵を抱えている。

その人物が単騎、敵中に切り込んだところが凄かった。義理がたく、長政は厚い信頼を寄せていた。

安養寺は喜右衛門や浅井雅楽助ら多くの武将の勇敢な死様《しにざま》を語り、声を詰まらせた。

信長はなぜ、安養寺を帰してくれたのか。

長政は信長が安養寺を帰したことの意味を考え続けた。

お市への思いやりもあるだろう。浅井との約束を破り、朝倉を攻めたことに対する後ろめたさもあろう。

あれこれ考えると、信長という男がますます分からなくなった。

信長とはいかなる人物か。

「安養寺、そちはどう思うか」

と聞いた。

「恐ろしきお方だ」

安養寺がいった。

戦況を調べていた孫右衛門と源助が夜遅く戻ってきた。

「佐和山城は、まだまだ士気が衰えませぬぞ」

と二人はいった。

与吉は何人かの敵兵を血祭りにあげ、見事な活躍であったと、源助が誇らしげに語った。

「一揆の者どもも、ますます増えるでござろう」

孫右衛門がいった。あれだけの略奪の限りをつくされては、死ぬ気で戦うしかあるまい。

それが頼りだと長政は思った。

民百姓もついている、磯野の軍勢が頑張っている、まだまだ負けてはいないのだ。

——戦はこれからだ。

長政は自分自身にいい聞かせた。

長政は戦死者の供養を行ない、論功行賞を行ない、家臣たちの戦いぶりに感謝の意を表し、これからの戦略を練った。

都からは、いい知らせも入った。

三好三人衆が、信長に反旗を翻した。

本願寺の顕如《けんにょ》も湖北の一向宗徒に檄を飛ばした。湖北の十ヶ寺に指令を出し、

「浅井とともに信長を倒せ」

と檄文を送った。

信長がもっとも嫌う一向宗が、本格的に立ち上がったことは大きかった。

「焼かれても殺されても、不死鳥のごとく、信長に立ち向かい、仏敵信長を倒すのだ」

顕如はいった。

南無阿弥陀仏

の念仏を唱えながら、信徒たちは、信長に立ち向かわんとした。

長政も毎朝、読経をした。

小谷の城に仏敵打倒の声が響きわたった。侍も足軽も雑兵も祈り続けた。

顕如上人の動きは、なみなみならぬものがあった。

近畿にも北陸にも檄を飛ばして、信長と戦うよう求めた。

近江の門徒に米が送られてきた。藤吉郎がいくら田圃を焼き払っても、米は不足し

なかった。

三好三人衆――。

信長にいわせれば懲《こ》りない面々であった。

三好長逸《ながゆき》、三好政康《まさやす》、岩成友通《ともみち》の三人は足利時代、京都でもっとも勢力のあった三好長慶《ながよし》の末裔たちであった。一万三千の兵を集めて、信長に反撃を開始した。まだまだ力はあった。

「殿、信長は追い詰められましたな」

安養寺がいった。

あの日から安養寺の存在は、一段と大きくなった。

敵の御大将織田信長を黙らせた男として、浅井勢は一目も二目もおいた。

長政も安養寺を重視した。

「ここが我々の奮起のしどころでござる」

安養寺が皆を説いた。

昨今、城内に不吉な噂が流れた。

いたるところに物の怪《け》が現れ、人々を不安に陥れた。

山が鳴ったという者もいれば、石が泣いたという者もいた。

小谷の城は深い樹海のなかにあり、深夜は、登り口を除いては、漆黒の闇だった。

山の下に警備の兵がいるので、全山に松明を灯しているわけではなかった。鹿が「オヒョウ」と啼けば、霊魂の叫びに聞こえ、風が吹けば、死者がザワザワと忍び寄ってくるように感じた。

神のお告げがあったという老婆もいた。

先々代亮政公が夢枕に立ち、浅井は必ず勝つと告げたとか、越前朝倉に暗い影があるとか、どこの方角に裏切りの動きがあるとか、さまざまな憶測も流れた。

神頼みもやたらに増えた。

人間はいつも不安に悩まされる生き物であり、まして戦の時期は特に、不安が増大するものであった。

長政は率先して念仏を唱えた。

念仏を唱えることによって不安が消え、勇気が湧いてくるのだった。

夢枕に亮政入道が立った。

「信長を攻めよ、攻めて攻めて、攻め続けよ」

亮政はそういった。

2

長政は勝負に出た。

越前に何度も使者を送り、御大将朝倉義景の出馬を促した。

「今度こそ朝倉の意地を見せん」

朝倉勢の大将朝倉景健《かげたけ》も決意を新たにした。

朝倉勢も面子《めんつ》がかかっていた。姉川で敗れ、そのまま帰ったのでは、いつまた信長の攻撃に晒されるか分からない。ここは戦い抜くしかなかった。

秋風が吹き始めた頃、二万五千騎の大軍を率いて御大将朝倉義景が一乗谷を発った。

小谷は義景の出陣を聞いて沸き返った。

長政は磯野員昌、安養寺三郎左衛門尉ら重臣とともに近江の国境まで出迎え、義景は九月の半ばに小谷城に着いた。

「これで信長に勝てる」

浅井の領内は沸いた。

「信長など、たかが美濃のうつけ者ではないか」

義景がいった。

初めて会う義景は、三十八歳という年齢《とし》よりも老けて見えた。顔に精気がなかった。

「若い妾に精気を抜かれたのでござる」

源助が耳元でささやいた。

長政はお市を迎えてから、妾とは接していない。うらやましいような気もするが、とっかえひっかえ、妾をあさってみたところで、何程の安らぎがあるというものか。

長政は義景を見つめた。

義景は小谷の城を見て回り、

「見事な城である」

と褒めた。

長政は一刻のとぎれもなく、城塞の強化に努めてきた。清水谷に攻め入られたので、前方に壕を何本も掘り、土塁も一段と高く積み上げた。池も掘り下げ、深くした。いまや清水谷は外と完全に遮断され、周辺も含めて全山要塞と化した。

「いかに藤吉郎といえども侵入出来まい」

長政自慢の防禦だった。

曲輪もいたるところに造った。曲輪は全山で三千を数えた。いざ籠城戦となれば、この三千の曲輪に兵が立て籠り、敵の侵入を防ぐのだ。もし侵入したとしても、前後左右の曲輪から矢を放ち、鉄砲で撃ち、撃退する仕組みだった。

「我が一乗谷は、攻められたら防ぐこと容易ではない。うらやましい限りだ。水はどうなっておるのか」

義景が聞いた。

「麓の池には、いつも満々と水を蓄えており、この城中にも井戸がいくつもあるゆえ、まったく不自由はござらぬ」

長政は胸をはった。仮に池を占領されても、城中から地底深く井戸を掘っており、飲料水に困ることはなかった。

義景は二人の側近を連れていた。

鳥居景近《とりいかげちか》

詫美左京亮《たくみさきょうのすけ》

である。二人には安養寺が対応した。

信長をよく知っているというので、安養寺に義景の質問が集まった。

「信長は敵が多すぎる。命もそう長くはなかろう」

義景がいうと、鳥居と詫美が「うふふ」と笑った。

「それは、早計でござろう。悪鬼のごとき男でござれば」

安養寺がいうと、義景が、

「そちは命を助けられているからのう」

と、歯牙にもかけぬ様子だった。

安養寺は朝倉に、いささかの疑念を抱いた。信長を甘く見すぎているようだ。それが心配だった。朝倉は、いざとなれば、越前に逃げ込むつもりだろうが、それをしたら、朝倉は終わりなのだ。信長は地の果てまでも追いかけるに違いない。

「くれぐれも油断なきようお願いつかまつる」

安養寺がいった。

大嶽の本丸で一夜、歓迎の宴を開いた。

お市も顔を出した。

「戦国の習いとは申せ、御心痛はお察しいたす」

義景がいった。

「ご丁寧なお言葉、痛み入ります」

お市が礼を述べた。

九月十六日、浅井、朝倉の連合軍は三万の兵で、湖西に進撃し、坂本に布陣した。

ここは延暦寺《えんりゃくじ》の麓である。

一向宗の門徒も続々集まった。

竹槍を持ち、米を担いで万余の人々が押し寄せた。

信長は坂本の宇佐山城に、弟の織田信治《のぶはる》を入れ、森三左衛門、青地駿河守、尾藤源内、道家《どうけ》清十郎、助十郎兄弟らで坂本を守っていた。

こちらは三万の大軍である。

信長はまだ岐阜にいる。勝てると長政は思った。

3

戦闘は十九日から始まった。

『浅井三代記』に「十九日、浅井長政、先手をもって宇佐山を攻める。首三百七十五を取る」という記述がある。

「徹底的に破壊せよ」

と長政は命じ、兵たちは、坂本の周辺に火を放ち、湖北での乱取り、分捕りのお返しをした。源助も与吉も姉川の鬱憤を晴らすかのように、信長勢を突きまくった。磯野員昌の兵は、さらに京都まで攻め込んだ。

岐阜で待機していた信長は、顔色がなかった。

――やりおったな。

四面楚歌《そか》のなかで信長は呻吟した。

坂本は比叡山の町である。比叡山の僧侶たちは、浅井、朝倉軍を公然と支援し、長政らは比叡山を宿舎とし、坂本を完全に支配した。

寺領は全国に及び、比叡山を日本仏教の総本山と呼ぶ人さえいた。ときの政権に強訴するため、多くの僧兵を抱え、全山が軍事要塞の印象もあった。

「いかに信長が悪鬼であっても、比叡山を攻めることはできまい」

孫右衛門がいった。

「しかし油断はできぬ」

源助が気を引き締めた。

源助は微妙な空気の乱れを気にした。

空気の乱れとは、ずばり僧侶たちの乱行だった。豪勢な献上物の山に埋もれ、金銀財宝を使いきれぬほど溜め込んでいた。どんなことでも、いい分は通った。山車《だし》を繰り出して暴れればよかった。

女をかどわかすなども日常茶飯事だった。

摩多羅《またら》神とも曼荼羅《まんだら》とも称する異様な神がいて、奇怪きわまりないことをしていた。

「なんだそれは」

孫右衛門が聞いた。

「真っ暗闇の道場に女を連れ込み、なにやら怪しげなことをしている」

「まさか」

「本当だ。たしかな筋から聞いた」

源助がいいはった。

信長は相手の弱点を突く天才である。油断はならなかった。

ともあれ、比叡山は砦として、これ以上のものはなかった。いくら神仏を認めない信長でも、比叡山と対立しては、天下布武も実現がむずかしかろう。

浅井、朝倉勢は周辺の蜂《はち》が峰《みね》、青山、局笠《つぼかさ》山に陣を取り、石垣を積み、空壕《からぼり》を掘り、一層の防備を固めた。六角氏もこの動きに勢いを盛り返した。

浅井、朝倉、六角、本願寺、比叡山の大連合軍の誕生である。将軍義昭は京都で信長に押さえられ、動きはつかないが、心中は浅井、朝倉寄りである。

「お手並み拝見というところでござろう」

義景に余裕があった。


形勢不利と見た信長は、ふたたび家康に救援を求め、家康はこれに応じて二千の兵を派遣し、六角氏の牽制に当たった。

九月二十四日、信長は大津の堅田《かたた》口に姿を現した。

「ふん、長政もやるのう。しかし組んだ相手が悪い」
藤吉郎を相手に、信長は、まだ余裕があった。
「まあ見ておれ」
と信長はいい、軍勢を比叡山の麓に配し、じっとして動かなかった。
信長は一計を案じていた。
和睦である。
さすがに鬼才である。やることがすべて意表をついた。
「藤吉郎、まずは朝倉を帰すことじゃ」
信長がいった。
この辺りは寒さが厳しかった。
十一月の声を聞くと北風が舞い、粉雪が飛んだ。
空は真っ暗になり、人も馬も動けなかった。
こうなれば、休戦だった。
越前の兵は故郷が気になった。
峠は雪で閉ざされ、補給も途絶える。
兵士の本音は、雪に閉ざされる前に、帰国したいということだった。
信長の軍勢も事情は同じだった。お互いの利害は一致した。しかし、どちらが得をするかといえば、信長の方だった。さほどの出費もしていないし、岐阜からならば、すぐに出てくることが可能だった。越前は違う。そう簡単に、ここまでは出て来れない。兵を集めるだけで大変なはずだ。

「藤吉郎、義昭に和議をまとめさせよ」

信長が命じた。

「帝《みかど》を巻き込むのだ」

信長は付け加えた。

藤吉郎はその意味をすぐに理解した。

綸旨《りんじ》である。

天皇の命令で戦を止めようという策略である。

その場合に備えて信長は将軍義昭を軟禁していた。

義昭は信長が怖い。

浅井、朝倉をそそのかして信長の包囲網をつくった。信長はそれを承知しているはずだ。だから、いつ信長に呼び出されて首を刎ねられるか、分かったものではない。

藤吉郎からいわれ、義昭は正親町《おおぎまち》天皇を口説いた。

「天下安穏のために、和融を勧告する」

という綸旨を手に入れた信長は、十一月二十八日、義昭を坂本に行かせ、和平の調停を行なわせた。織田側の全権は佐久間信盛である。浅井と親しい不破光治の顔もあった。

浅井は安養寺を出し、朝倉は義景側近の鳥居と詫美を出した。比叡山延暦寺からも代表が出た。

「戦はやめらっしゃい」

義昭は将軍の御内書と天皇の綸旨を示した。

長政は不服だった。これでは、信長にやられたことになる。

それぞれのいい分を巡って、交渉は三日、四日と続けられた。

「江北の支配は浅井三分の一、信長三分の二とする」

佐久間が提案し、

「以後、戦はやらぬ」

といった。

「そのようなこと、あるはずもない。三分の一は認められぬ」

安養寺が拒否した。

「ならば戦である」

佐久間がつっぱねた。

「朝倉殿はどうか」

義昭が問うた。

「勿論、不満である。しかし、和議に反対ではない」

義景の答えは、いささかあいまいだった。

安養寺を支援したのは延暦寺側だった。延暦寺は信長に対して不信感をあらわにし、

「戦をせぬなど信じがたい」

と抵抗し、交渉は難航した。交渉はしばしば中断した。

双方が持ち帰って議論した。

長政は半分の領地を主張した。決裂となれば、戦の続行だと主張した。

しかし朝倉は歯切れが悪かった。

「ここは信長の意向をくみたい」

義景が本音をあらわにした。

「それはなりませんぞ。近江の領土をせめて半分、確保することが、朝倉の権益につながることではござらぬか」

安養寺は強く主張した。しかし義景は首を縦には振らなかった。こうなっては浅井が抵抗する術はなかった。

――朝倉は弱い。

安養寺は嘆いた。

十二月十三日、江西の三井寺で、信長と義景、長政のトップ会談が行なわれた。

信長は藤吉郎を従え、近習、馬廻、鉄砲隊に囲まれて到着した。

長政には声もかけず、きっと二人を見据えた。

「こたびは綸旨である。即刻、比叡山の囲みを解き、将兵を引き連れ、岐阜に帰城致す」

信長が宣言した。

「拙者も越前に帰国致す」

義景がいった。

長政は信長を面前にして、全身に緊張が走った。こうなればやむを得ない。

「承知致した」

長政はいい、小谷に帰ることを約束した。

この夜、安養寺は不破光治と語りあった。

「朝倉と手を切れ」

光治がいった。

「それは出来ぬ。分かりきったことではないか。浅井には朝倉しかおらぬ」

「そうだが、朝倉はいずれ、織田に滅ぼされる。これは目に見えている。そのとき、浅井はどうなる」

光治の話は、背筋が寒くなるものだった。

「そうはなるまい。一向宗徒もいる。比叡山もある」

「違う。信長公が本気になれば、比叡山など恐ろしくはない。火の海になる」

「まさか」

「貴殿だから本当のことを申しておる。長政公が朝倉を選んだこと、間違いであった」

光治はなおもいった。

「いまなら間にあう。信長公に詫びをいれよ」

「できるはずもないわ」

「ならば浅井は滅びる」

光治はいった。

浅井の領土は三分の一に減った。お互いに人質を交換することも同意し、十二月十四日と十五日にお互いの陣所を焼き、浅井勢は小谷へ引き揚げ、朝倉は越前に帰った。

ともあれ、形の上では浅井、朝倉軍の初めての勝利といえたが、信長の巧妙な戦略にしてやられたというのが本当のところだった。

4

元亀二年（一五七一）の正月は、何年ぶりかで華やいだものだった。

戦がいかに暗い影を領内に落としていたか。長政はしみじみ感じた。

「殿さま、椿の蕾《つぼみ》をご覧くだされ」

お市がいった。

蕾は大きく膨らみ、赤い花を咲かせようとしていた。

義兄信長がかかげる天下布武は、理想の世を創ることかもしれないが、あまりに痛みが大きすぎた。

殺して、殺して、殺しまくることが天下布武なのか。

長政は違うように思えた。

長政はお市の横顔を見つめながら、この幸せを一日でも長く続けたいと思った。

長政は連夜、重臣たちを招き、正月を祝った。

万福丸や茶々たちの顔も明るかった。子供心に感じるものがあるようだった。

ただ暗い影が一つあった。

佐和山城が丹羽長秀の軍に長期間包囲され、磯野員昌が登城できぬことであった。

「磯野は長秀に通じておるらしい」

父久政がどこで聞いたか、長政に耳打ちした。

それが事実とすれば、由々しき事態だった。

磯野は小谷きっての猛将である。その影響ははかり知れなかった。

のどかな正月は一瞬の事だった。

二月になると信長の浅井いじめが始まった。翌元亀三年からという説もある。

都に通じる湖北周辺の街道を封鎖し、琵琶湖の水も止めた。

姉川封鎖である。

このままでは、小谷は孤立する。田植えも出来ない。

「戦が始まる」

安養寺がいった。

磯野の件は現実となって表れた。

敵将丹羽長秀から所領安堵の話があり、磯野はそれをのみ、開城した。

『浅井三代記』には二月中旬開城とあり、開城の理由として磯野と長政の不和説をあげている。磯野は長政に支援を求めたが、長政は磯野に裏切りの疑いありとして、援軍を送らなかったと記述している。

『武功夜話』では端午《たんご》の節句に開城したとある。

「磯野丹波、佐和山を開城に及び、小谷山の浅井長政憤懣《ふんまん》やるかたなし。ときに端午の節句、小谷城中譜代の家人、酒の肴に磯野の武者道不甲斐《ふがい》なきを罵る《ののし》」

長政は人質の磯野の母を磔にして、丁野山《ようのさん》に晒した。

これは長政の狭量を示すものだった。

磯野が牙をむいて長政に戦いを挑むことは明らかであった。

この頃から長政は、疑心暗鬼となり、人を信じられなくなっていた。しかし、それは長政自身の心の弱さであり、安養寺も事態を憂慮した。

信長との和議はこれで完全に破棄された。

戦雲が小谷城を覆った。

「狼煙《のろし》をあげよ」

長政は命じた。

小谷の山から狼煙が上がり、領内の出城や砦から太鼓の音が鳴り響いた。

長政は甲冑に身を固めた。

「三盛亀甲剣花菱」の軍旗が、小谷の山に翻った。

「横山の城を奪還いたす」

長政は高らかに宣言した。

長政は一揆の信徒を含めて八千余の大軍を率いて姉川に出撃した。

横山城を守る藤吉郎は籠城し、援軍を待った。あと一歩で奪い返せると浅井勢は意気込んだ。しかし夏に入って事態は急変した。

信長の近江侵攻である。

「殿、乱取り、焼き討ち、悲惨の限りでござる」

孫右衛門が血相を変えて飛び込んできた。

湖北に侵攻した信長の軍勢は、手当たり次第に神社仏閣を焼き払い、村々を焼き払い、一向宗の門徒を捕らえて首を刎ねた。

長政は必死に反撃した。

石山本願寺の門徒衆や比叡山の僧侶と手を結び、信長の陣地に執拗に夜襲をかけた。門徒衆は南無阿弥陀仏を唱えながら、殺されても殺されても、信長の軍に立ち向かった。

九月に入って信長の軍勢に変化が見えた。

鉄砲や弓矢を大量に集め、新たな戦の準備を始めた。

「なにを考えておるのか」

長政は安養寺に聞いた。

「つかみかねますが、比叡山を取り巻く所存かと」

安養寺がいった。安養寺は光治にそのことを聞いていた。

「まさか」

長政は体が震えた。事実とすれば、その影響ははかり知れない。一向宗は大きな打撃を受ける。数日後、

「殿、一大事にござる」

源助が飛んで来た。

湖北の船がことごとく没収され、この船に兵士を満載し、比叡山を攻めるというのだ。

長政は動転した。

安養寺のいう通りであった。光治は比叡山など、いともたやすく攻め滅ぼすことが出来ると、安養寺に語っていた。しかし安養寺にしても、まさかという思いはあった。

九月十日頃から湖上は信長の軍船で埋め尽くされ、十一日、信長は三万の軍勢で比叡山を取り巻いた。十二日朝、信長は全軍に総攻撃を命じた。

比叡山は南は如意ヶ岳《にょいがたけ》、北は比良《ひら》山系の連なる広大な山であった。最高峰の大比叡は標高が八百四十八メートルもあった。ここにある延暦寺は、天台宗の総本山であり、伝教大師最澄《さいちょう》の開祖だった。

平安時代には、奈良の「南都《なんと》」に対して「北嶺《ほくれい》」と並び称された。

王侯貴族からの寄進による荘園は全国に及んだ。天下布武を掲げる信長にとって、古い権威は壊さねばならなかった。

「すべてを焼き尽くせッ」

「一人残らず殺せッ」

信長は叫んだ。

比叡山の麓に法螺貝が鳴り響いた。これが合図だった。

信長の軍勢は喚声をあげて比叡山に攻め上り、根本中堂、山王《さんのう》二十一社をあまさず焼き払った。

比叡山の人々にとっても、まさかの出来事だった。

王城鎮護の法地が紅蓮《ぐれん》の炎をあげて燃え広がり、次々に燃え落ちていった。

「助けてぇ」

「怖いよう」

泣き叫ぶ女性、子供も手当たり次第に捕らえ、即座に首を刎ねた。

攻める信長の兵は皆、鬼人となっていた。

理性も情《なさけ》もなかった。いかに多くの首を集めるかで、目を引きつらせ、ワナワナと身を震わせながら、捕まえては殺した。

抵抗する僧兵は鉄砲で撃ち殺し、弓で射殺して、これも首を刎ねた。

全山、血の海であった。

麓におりる道はすべて封鎖し、逃げ落ちてきた者は一人残らず、捕まえ、殺した。

槍は血でぬれ、刀は刃こぼれした。まるで兎や猫を殺すように、絶え間なく殺し続けた。

「さながら地獄もかくのごときなるや」

と『武功夜話』は記述し、

「数千の死体が、あたりかまわずころがり、まことに哀れであった」

と『信長公記』は記述した。

信長のもとに血だらけの首が山のように積み上げられた。

「取り逃がしてはならぬ」

「一人も生かしてはならぬ」

信長は甲高い声で叫び続けた。

ときおり生首を見て笑みを漏らす姿は、ぞっとする怖さがあった。

信長の周囲には、近習たちが詰めていて、生首を数えていた。

「もっと早く数えろ」

信長がいうと、一斉に「はい」と答え、血だらけになって数を数えた。

比叡山は琵琶湖に秀麗な山並を見せていた。

しかしこの三日三晩、比叡山は燃え続けた。

その黒煙は小谷の城からも見えた。

──魔王の仕業だ。

長政は手を合わせながら、この世の終わりを感じた。

物見が真っ青な顔で、小谷の城に戻ってきては、その様子を伝え、また比叡山に向かった。

誰もが口をきけずに、押し黙って、燃える比叡山を見つめた。仏法破滅の衝撃は大きかった。

南無阿弥陀仏
念仏が小谷の城をおおった。

お市は、顔をおおって泣いた。

三日目の夜、雨が降った。比叡山の恨み雨だった。

雨はすべてを洗い流し、翌日の比叡山は何ごともなかったかのように、すっきりした頂を見せていた。

延暦寺に伝わる被害は、灰燼に帰した堂塔四千五百社、老若男女の犠牲者三千人とされているが、近年の発掘調査では、焼土が意外に少なく、焼き打ちはそれほど徹底したものではなかったという説が有力になっている。
幾つかは焼失を免れ、今日まで残っている。西塔の伽藍中心部から離れた瑠璃《るり》堂も
その一つである。
全山が復興するのは、天正十二年（一五八四）以降である。
根本中堂は江戸時代に入ってからであった。

決戦の城

1

近江にまた蒸し暑い夏がやってきた。

戦が始まって何度目の夏だろうか。

人々の顔に疲労がにじみ出ていた。

長政は久し振りに近臣の者どもと須賀谷の湯につかった。

孫右衛門も源助も口数は減っていた。ただじっと湯船に体を沈めた。

磯野員昌が信長に投降したときは、感情が乱れた長政も昨今は、以前の元気を取り戻していた。

「堪え難きを耐えるしか、ござるまい」

源助がポツリといった。

「苦労をかける」

長政がいった。

比叡山の焼き討ちで信長の悪名は天下に広がり、浅井にも同情が集まった。石山本願寺の顕如は前にもまして長政を支援し、朝倉は多くの石工や大工の棟梁を小谷に派遣し、城塞の強化に協力した。

小谷城の砦は、どこも石を積み上げて頑丈になり、武具も大量に備えつけた。

信長が上洛の途上、横山城に入り、小谷周辺を放火したことがあったが、問題にもならなかった。

表面的には、まずまずなのだが、困ったことに領民の離反が増える一方だった。本来、領主たる者の最大の責任は、領民の暮らしを保証することだった。

それが出来なくなっていた。

信長は投降した領民には暮らしを保証すると布告したので、歯止めがきかず、このままでは、いずれ兵糧にも事欠く事態に陥ることは目に見えていた。

浅井の窮状を見透かすかのように、元亀三年（一五七二）七月に入って事態は大きく動いた。

岐阜に戻った信長はこの月の十九日、嫡男信忠《のぶただ》を伴い、五万の大軍を率いて近江にやって来た。

本格的な浅井攻めであった。

信長は小谷まで侵攻し、目と鼻の先の虎御前山《とらごぜやま》と雲雀山《ひばりやま》に本陣を構えた。

最初に狙われたのは、小谷城の東六キロにある浅井の前線基地、山本山城であった。

この城を守る阿閉貞征《あつじさだゆき》と安養寺は親しい関係にあった。

「殿、山本山の救援に行かせていただきたい」

安養寺が手勢二百を率いて、長政のもとに出向いた。

山本山城の麓に安養寺の村があり、安養寺は村の領主として、領民とともに、この苦難に立ち向かわねばならなかった。

姉川で本来、死んだ命であった。

「貞征も喜ぶであろう。武運を祈る」

長政がいった。

安養寺は山本山城に向かい、手勢とともに城の守りについた。

山本山は標高が三百メートル、山頂には南北三百メートル、東西百五十メートルの台地があり、そこに砦が築かれていた。

奥琵琶湖の塩津《しおつ》湾に面し、賤ヶ岳から南にのびる丘陵と余呉《よご》湖に囲まれた天然の要塞であり、三、四か月の籠城に耐えられるだけの食糧や武具の備蓄もあった。

横山城が落ち、佐和山城も開城した。残るは山本山城や月ヶ瀬《つきがせ》城などごくわずかである。

安養寺にはどうせ死ぬなら子供のころから親しんだここで死にたい、という思いもあった。

誰にも漏らしてはいないが、小谷の城に、いささか嫌気がさした部分もあった。

小谷には浅井一族が大勢いた。本城は彼らが団結して守ってもらいたいと思った。

いつ自分の心が変わったのか。

それは佐和山城主であった磯野員昌の母を磔にしたとき、安養寺は長政に違和感を覚えた。だからといって投降を決めたわけではない。

自分は最後まで信長と戦う覚悟に変わりはなかった。自分を武将として引き立ててくれた浅井家に対する恩義まで裏切るつもりはなかった。

「よく来てくれた」

貞征がいった。

虎御前山は、山本山からも目の前に見えた。

敵の虎御前山には毎日、黒山ごとく人夫が集められ、山全体を要塞に変える工事が始まっていた。

こちらも物見を放っているので、工事の進捗状況は手にとるように分かった。

山の北側の麓から四百メートルほど登ったところは、柴田勝家の砦だった。

それから六十メートルほど離れた南斜面は藤吉郎の砦である。

東の別所山には佐久間信盛、その南に堀秀政、滝川一益《かずます》、丹羽長秀が割当てられ、各陣営が競い合って造営していた。

信長は堀秀政の砦の北側の斜面を平らにして長さ六十五メートル、幅三十五メートルの本丸を造っていた。

信長は姉川の合戦のときも、ここに本陣を構え、長政とにらみ合っていた。そのときは仮の本陣だったが、今度は本格的な造営であった。

今度という今度は、小谷を攻め取るつもりなのだろう。

その意気が感じられた。

小谷城の方は、朝倉の援軍が来るまでは、音なしの構えであった。

小谷の本丸では源助と孫右衛門が、手持ちぶさたの様子で向かい合っていた。

「なあに、あんな砦は拙者が火を放って、灰にしてみせましょうぞ」

源助は強気だった。

2

信長軍の攻撃は七月二十一日から開始された。

佐久間信盛、柴田勝家、木下藤吉郎ら先鋒隊が、吶喊《とっかん》の声をあげて、清水谷に迫り、土塁を乗り越えて乱入し、浅井の軍勢と激しい戦闘になった。敵は鉄砲を多く持参し、大音響をあげて発砲するので、守備の兵は水のみ場まで追い詰められ、数十人が討ち取られた。

「味方、苦戦ッ」

長政のもとに血だらけの兵士が駆け込み、長政も地団太踏んで悔しがった。

鉄砲の不足が敵の侵入を許してしまった。

悪口雑言も戦術の一つだった。

「隠れてないで、出てこい、浅井の弱虫めが！」

「詫びをいれれば、許してやるぞ！」

「早く逃げた方がいいぞ！」

いいたい放題だった。

翌日には山本山城に藤吉郎が攻めて来た。

「来たな」

安養寺は鉄砲を構えた。

藤吉郎の軍勢は鉄砲を放ったあと、盛んに投降を促す矢文を打ち込んだ。

藤吉郎の作戦は降伏を勧め、浅井軍を攪乱する調略である。

「安養寺どの、早く投降せよ」

「信長公がお待ちだぞ」

さんざん野次ったあと、城の麓に火を放ち、これを消そうとして山を下った雑兵に鉄砲を撃ち掛けた。弓矢で立ち向かったが鉄砲には勝てない。

五十人ほどが討ち取られてしまった。

緒戦で安養寺は手痛い犠牲を被った。


信長は長政が討って出ないことを知るや、付近の寺を次々に襲い、残らず焼き払った。小谷城からこの模様が手に取るように見えた。

「このままでは、領民の心が離れますぞ」

源助は強く長政にいった。

長政の采配は、信長が相手だと、どうも鈍るきらいがあった。

「喜右衛門どのがいてくれたら、違っていたものを」

孫右衛門も嘆いた。

長政はひたすら朝倉を待っていた。援軍が着き次第、総攻撃を掛けんとしていたが、目の前に敵の要塞が出来たこと事態が、領民にとっては衝撃だった。

恐れていたことが、草野《くさの》の谷でも起こった。

ここはかつての荘園で、領内最大の寺院、大吉寺《だいきちじ》と醍醐寺《だいごじ》があった。

大吉寺は山の上に造られた要塞に近いもので、五十もの坊があり、越前から応援に来た一向宗の門徒が籠城していた。

「殿、大吉寺を守ること肝要なり」

源助がいったが、長政は動かなかった。

「大吉寺に立て籠る一揆勢二千有余、鉄砲にて討ち取りたる首数三百有余、残りの者、越前へ逃げ入り、浅井の領地は山谷浦々残らず取り抱える」

『武功夜話』にあるように、大吉寺は、比叡山と同じように焼き払われた。

さらに集落という集落は、ことごとく焼き尽くし、長政を完全に孤立化させた。

領民を守れない長政の評判は落ちる一方だった。

一向に姿を現さない朝倉勢に対する領民の失望も深まった。

長政はすべての批判に耐えていた。

何をいわれても、兵員の不足は、いかんともしがたかった。

耐えに耐えて朝倉軍の応援を待つしかなかった。その朝倉義景が小谷に到着したのは、七月の末のことだった。

物見から知らせが入ったとき、長政は狂喜した。

率いる軍勢は一万余である。長政は天を仰いで安堵した。

「万福丸は元気じゃぞ」

義景がいった。

長政は人質として嫡男万福丸を越前に送っていた。

もはや浅井の命運は、朝倉に握られているといってよかった。

「小谷の城は朝倉の出城だ」

そんな噂も飛び交った。

朝倉軍は小谷城の本丸、大嶽城や各地の砦に籠り、小谷山も全山、朝倉の軍旗でおおわれた。

――今度こそ勝たねばならぬ。勝てば万福丸を呼び戻せる。

長政は唇を噛み締めた。

八月上旬――。
暑い日であった。

琵琶湖は茫洋とかすみ、じりじりと太陽が照りつけた。誰も戦など好まぬ日であった。

朝から虎御前山が喧騒で、鉄砲の音が、湖北に響き渡った。やがて旗指物を翻した信長の軍勢は、小谷を目指して馬を進めた。

「信長め、受けて立とうではないか」

義景が重い腰を上げた。

「我ら死を決して戦わん！」

長政も全軍に伝えた。

一向宗の門徒も結集した。鎧を身につけ、刀や弓で武装した。

「進めば極楽浄土」

「退《の》けば無間《むげん》地獄」

麻布でつくった旗も立った。

死ねば極楽浄土に往生でき、退却すれば地獄に落ちる。

これぞ信長がもっとも嫌いな旗だった。

狼煙が上がり、太鼓が鳴り、鐘が鳴り、法螺貝が吹かれた。

両軍に戦気がみなぎった。

義景と長政は山を下った。

小谷城と虎御前山の周辺は、一触即発、戦いの機運は盛り上がった。しかし事態はまたしても意外な展開となった。

朝倉の重臣前波吉継《まえばよしつぐ》親子が突如、白旗を掲げて織田の陣営に駆け込み、裏切った。

「なんてことだ」

長政は呆然として義景の顔を見た。

「分からん」

義景はうめいた。

吉継は一乗谷四奉行の一人前波景定《かげさだ》の子であった。

義景とは肌が合わず謹慎中だったとの説もあるが、義景は満座で恥をかいたも同然だった。

信長の喜びは大変なものだった。

「よく参られた」

信長は自ら出迎え、すぐさま帷《かたびら》、小袖、馬、馬具をそろえて与えた。

翌日にも朝倉勢の富田長繁、増井甚内、毛屋《もや》猪介が寝返った。

義景の顔色はなかった。

源助や孫右衛門が聞き及んだところでは、朝倉軍の士気はがた落ちだった。相次ぐ出陣で兵は疲弊しており、厭戦気分が蔓延していた。

「長政、これはどうしたことですか、父上は、朝倉どののことで、ふさぎ込んでおりますぞ」

母がいった。

母はめっきり老けた。髪は真っ白だった。心労の日々が続いていることが、そのことからうかがえた。

長政は、窮地に立たされた。

「どうも朝倉公、頼るに足らず」

城内に不満が鬱積《うっせき》した。

3

突貫工事のおかげで、虎御前山の城塞は完成しつつあった。虎御前山から横山城までの三里、約十二キロの間には道も出来ていた。高さ三メートルの外壁つきの道路である。信長のやることは、スケールが大きかった。

投降の呼び掛けも毎日、繰り返された。

「いずれ、皆殺しになるぞッ」

「早く投降しろッ」

「しかるべく処遇をするぞッ」
賑やかだった。
投降を求める何百、何千という矢文も飛んで来た。
そのせいか、浅井、朝倉勢から投降者は後を絶たなかった。
朝倉の家臣池田隼人助も白旗を掲げて、敵陣に向かった。
「殺せ！」
義景が叫んだ。
このときばかりは隼人助に運がなく、義景の旗本弓隊に射殺された。
朝倉を信用する人は減っていった。
「誰か、敵の城を攻めるものはないか。褒美をとらす」
たまりかねて義景が叫んだ。
竹内三之助と上村内蔵助が名乗り出た。朝倉にはまだ強兵もいた。
八月二十八日、大雨となった。
一寸先も見えない土砂降りの雨である。
風も出てきて暴風雨となった。
二人は雑兵になりすまして、虎御前山に忍び込んだ。柴田勝家の砦が開いていた。
松明を投げ入れて放火した。混乱に乗じて次々に火を付けた。

織田勢は大混乱に陥り、火は信長の館にまで及んだ。

「よし、出撃だッ」

安養寺は手勢を連れて虎御前山に向かい、逃げ惑う雑兵たちを弓で殺し、引き揚げた。安養寺は小谷城からも出撃するのだろうと思ったが、兵が動く気配はなく、せっかくの機会を失ってしまった。

相変わらず長政の判断は悪かった。


戦争は膠着状態に陥った。

信長も藤吉郎も焦る様子はなかった。

一気に攻めても小谷の城は堅固であり、そう簡単に落とせるものではなかった。

加えて甲斐の武田信玄が動き出し、その警戒のために信長が一時、岐阜に帰国する事態が起こった。

そうなると休戦だった。

そんなときは、双方で歌合戦が行われた。

「織田の土亀《どがめ》のあたま、出したり引っ込めたるぞ
そうとも、そうとも、なにもそうだよ」

と浅井勢が歌うと、織田勢は、

「浅井の城はなんと小城よ、
そうとも、そうとも、この分にては居所ないぞえ」

と応酬して、双方笑い転げた。

文字どおり、こうしたときは休戦で、お互いに待遇や、家族の消息などを聞き合う場面もあった。

興奮してくると石を投げ合い、喧嘩になるのだが、鉄砲を持ち出して撃ったりはしなかった。

遊びはあくまでも遊びであった。

戦場には時おり市場も立った。

籠城している兵士にとっては、新鮮な野菜や食糧は喉から手が出るほど欲しかった。煙草や酒も欲しかった。商売人は小谷の城にも入り込んで、ものを売った。そのためにも休戦が必要だった。


朝倉義景は、闘争心のない男であった。

信長が岐阜に戻ったことで、事態を楽観視し、帰国を口にするようになった。

「信長のいぬ間に虎御前山を奪いとるべし」

驚いた長政は自ら先頭に立って虎御前山に攻め入ったが、義景は動かず奪還出来なかった。

「武田信玄が近々、信長に戦いを挑もう。藤吉郎はすぐに、ここを引き揚げることになる」

と義景は高みの見物を決め込み、帰国の準備を始める始末だった。

信長は義景の性格を読み切って、悠々と岐阜に帰り、近江は藤吉郎にまかせていた。

朝倉には、冬という大きな障害もあった。

冬になれば越前と近江の間は積雪のために交通は遮断され、兵糧の輸送は途絶え、戦にならない。いつもこの制約がつきまとった。

信長がいない今こそ好機とする長政に対して、冬を前に帰国したいとする義景の微妙な違いが、戦況を変えることをはばんだ。

その点、信長は用意周到だった。
一、横山と虎御前山の連携は密にとること。
一、江東、江北の領内統治は手抜きなく仕ること。
一、兵糧蔵を十棟建て食糧を確保し、馬の飼料も十分に蓄えること。
一、山本山城の周辺にはしかるべき者を遣わし、糧食を絶つこと。
一、甲州の武田信玄がいかほどの軍勢で攻めて来ようと、国境で討ち果たすので、心配無用のこと。

一、来春は必ず小谷城を取り詰め、根を断つ。異変があれば、即刻注進すべし。
霜月八日　信長（花押）
羽柴藤吉郎どのへ

このような手紙が藤吉郎のもとに送られていた。

藤吉郎はこの頃、姓を木下から羽柴《はしば》に変えていたことが分かる。この手紙は完璧な内容だった。税を集める関係上、一転して領民にも気づかいを見せ、食糧の確保を命じ、戦をせずに安養寺が籠城する山本山を攻略することを命じ、しかも司令官である藤吉郎を十分に立てる文面であった。

信長にはこまやかな実務家の面もあった。

義景と信長の差は、すべての面で、あまりにも大きかった。義景は失意のうちに十二月三日、越前に帰国してしまった。

4

浅井、朝倉連合軍と信長の決戦が行なわれたのは、翌天正《てんしょう》元年（一五七三）八月であった。

姉川の戦いから丸三年が過ぎていた。

長政は虎御前山に林立する信長の軍旗を見つめていた。

この三年間、なに一つ、いいことはなかった。

朝倉はいつも将軍義昭や松永久秀、武田信玄、毛利元就と他人に依存し、自ら切り開くことはなかった。

武田信玄も、もうこの世にはいなかった。

天正元年二月、家康の三河野田城を攻略したが、病いに倒れ、本国に帰る途中、信濃伊奈郡の駒場《こまば》で五十三歳を一期《いちご》として卒去した。

信長の目を盗んでは、浅井、朝倉に親書を与え、信長を殺せとそそのかしてきた将軍義昭も、ついに命運が尽きた。

この七月、義昭は二条城に壕をめぐらせ、五千の兵を集めて信長と決戦に及んだが、信長は京都の町をことごとく焼き払い、追い詰められた義昭は、信長に無条件降伏をした。

義昭が立てた机上の計算では、浅井、朝倉に勝利がころがり込むはずであった。

信長を皆は憎んでいる。

将軍も顕如も武田信玄も、打倒信長に動いた。天皇もおそらく反信長であったろう。

だが義景の惰弱《だじゃく》さと信玄の死は決定的だった。

よってたかって信長を包囲しても、信長はそれをことごとく粉砕してきた。

――恐るべき男だ。

長政は呆然としていた。

なぜ自分は信長に楯突いたのであろうか。自問自答する日々が続いた。

父久政や老臣たちの誤った判断に乗せられてしまった部分は、たしかにあった。

家臣たちが信長軍団の連中から喧嘩を売られたことも、遠因になっていたかも知れない。

しかし、それは、ほんの些細なことだ。

なによりも自分は信長の義弟なのだ。信長の軍団のなかでは、際立って有利な立場にあったはずだ。

それをなぜ、裏切ったのか。

考えても分からなかった。

だが、決断は自分がしたのだ。誰も恨むことは出来なかった。

「万福丸は、どうしておりましょうか」

ときおり、お市がいった。

その言葉のなかに、お市の悲しみが込められていた。

万福丸を人質に出すのは、朝倉ではなく兄信長ではなかったのか、お市の言葉には、そんな意味が込められているようだった。

兄信長は神をも恐れぬ英雄であるのに対して、夫長政は素直に親のいうことを聞き、老臣たちを大事にし、それゆえに枠から飛び出せずに、今日まで来てしまった人であった。

夫として、これほどいい人もいないだろうとお市は思った。

こうなった以上、お市は夫とともに死ぬしかないと、覚悟を決めていた。

「苦労をかけるな」

長政がいった。

それが精一杯の思いやりだった。

浅井はもはや袋の鼠であった。

二、三日前には山本山城も藤吉郎の手に落ちた。

城主阿閉貞征は二万五千石を安堵され、城主の身分を確保したという。

「貞征めが」

重臣たちは罵倒したが、長政はこうなる日は近いと思っていた。

貞征の領民を守ってやることが出来なかったのだ。領民の主人はとうに藤吉郎であり、もはや浅井ではないのだ。

長政は貞征を罵倒することは出来なかった。

救いは安養寺が貞征と手を切り、安養寺村の要害に立て籠ったことだった。しかし攻められれば、あっという間に燃やされてしまうだろう。

安養寺の忠節に思わず目頭があつくなった。

自分は家臣たちをどう扱ってきたのだろうか。

反省することがあまりにも多いこの頃だった。

「城に入るよう安養寺に使いを出せ」

長政は源助に命じた。

長政の周りを固めるのは、赤尾清綱、海北綱親、雨森弥兵衛尉の老臣とその一族、そして母の生家である井口一族、浅井の親戚縁者、わずかの近臣、近習たち、最後まで残るのは、二千か千か。父久政の手勢千五百を加えて三千五百余である。

朝倉勢は斎藤刑部、小林彦六左衛門らの兵五百に過ぎない。

御大将義景がたとえ万余の軍勢を連れて来ても、日の出の勢いの信長には敵うまい。いずれ朝倉勢は近江を退却することになろうが、投降者が続出している現状を見れば、本拠地一乗谷を守れるかどうかさえ、怪しいものだった。

長政は冷静に情勢を見つめていた。

一か月後なのか、半年後なのか、自分は死を迎えるだろう。

浅井の血を三代でなくしてしまう自分を恥じた。

「親不孝者だ」

長政はつぶやいた。

5

朝倉義景は最悪の事態に陥っていた。

長政から再三、援軍の要請があり、同族の筆頭である朝倉景鏡《かげあきら》と、家臣筆頭の奉行人魚住景固《うおずみかげかた》に出陣を命じたが、

「疲労が激しくご勘弁をいただきたい」

と断ってきた。

重臣たちの多くは出陣に反対だった。

信長に勝てないという理由のほかに一部の側近を偏愛し、独断専行が目立つことも反発を招いた。しかし浅井を見殺しには出来ない。

義景はやむなく自ら二万余の軍勢を率い七月十七日に一乗谷を出て、十八日には敦賀に着陣した。近江に入ったのは八月六日であった。

義景は長政の嫡男万福丸を伴っていた。

長政とお市の方に会わせてやりたい。なぜかそういう思いが働いた。

義景は、伊香《いが》の陣所から万福丸を小谷城に送り出した。

「わしもすぐに参ると、父上に伝えよ」

義景は万福丸の頭をなでた。

近江に来て驚いたのは、手遅れに近い状態になっていることだった。小谷城は完全に包囲され、山本山城も月ヶ瀬城も信長の手に落ち、長政は孤立していた。

期待していた一向宗の門徒も信長の苛烈な攻撃で、影を潜めていた。

朝倉のために築いた小谷城の大嶽《おおずく》に入るには、麓にあふれている信長の軍勢を蹴散らさなければならない。

評定はどうすべきかで意見が分かれた。

信長は、いかにして朝倉を叩くか、それを考えていた。

最大の敵は長政ではなく、朝倉だった。義景がのこのこ出て来たと聞いたとき、信長の体を激流が駆け抜けた。

八月十二日、曇天が夜になって激しい雨に変わった。

桶狭間のことが信長の脳裏をかすめた。

「行くぞッ」

藤吉郎に声をかけた。

「くわッ」

信長は馬に股がり、馬廻衆を率いて飛び出した。

「目指すは大嶽！」

闇のなかを突っ走った。

「お屋形さまが出陣されたぞぉ！」

藤吉郎は慌てて信長の後を追った。

理由があった。

大嶽を守る朝倉勢には戦意がなく、降伏のきざしが見えていた。まずここを攻め落とし、しかる後に義景を追撃せんとする作戦である。

小谷の山には、織田勢の忍びが何十人も入り込み、助命と引き換えにさまざまな破壊工作が進んでいた。信長はここの麓に兵を潜ませ、いつでも突入できる態勢をとっていた。

信長が突然姿を現し、大嶽の守備兵は仰天した。

兵士たちは我れ先に山にかけ上がった。信長も登った。

大嶽の砦にたどりつくや、一斉に鉄砲を放ち、うろたえる城兵に矢を放った。

「降参すれば許す！」

大声でふれまわると、朝倉勢は戦わずして降伏した。

小谷山の最高峰に造った大嶽の砦はあっけなく落ちた。

大嶽の出城である丁野山《ようのさん》にはやはり越前の平泉寺《へいせんじ》玉泉坊《ぎょくせんぼう》が籠っていたが、これも陥落した。朝倉勢にとって所詮は他人の城であった。信長は投降した敵将の斎藤、小林、豊原を尋問した。

「そちたちは、すぐに義景のもとに参り、城には入れぬと伝えよ」

信長が命じた。そうなれば義景は退却するしかない。信長の作戦は退却の混乱を狙って朝倉を一気に殲滅する電撃作戦である。

案の定、義景は大嶽が占領されたと聞いて愕然とした。

長政が気づいたとき、大嶽はすでに信長の軍勢に占領されていた。

「まさか」

父久政は真っ青な顔でうずくまった。

6

義景が敦賀を目指して逃げた。

佐久間信盛、柴田勝家、丹羽長秀、羽柴藤吉郎、それぞれの軍勢が先を競って追いかけた。朝倉勢は随所に陣地を構え、抵抗したが、信長の軍勢の敵ではなかった。

信長軍のなかには、つい先程まで浅井の重臣だった阿閉貞征の兵もいた。


信長は疲れを知らぬ強靭な体力で常に、先頭に立って馬を飛ばした。

まるで獲物狩りであった。

越前への道が二つに分かれるところでは、

「刀根《とね》を進め！」

と下知した。刀根は敦賀に向かう道だった。敦賀には出城があり、ここに入ると信長は判断した。それがずばり当たった。

朝倉軍は刀根坂に陣を敷き、必死の抵抗を試みたが、圧倒的な鉄砲の威力に粉砕され、もう歯止めがきかなかった。前後左右、十重二十重に朝倉勢を追い詰め、息の根を止めた。

「敦賀まで十一里、その間に打ち取った首三千余」

と『信長公記』にある。

信長はここでも生首を一つ一つ眺めて、

「義景の首はまだかッ」

と甲高い声で怒鳴った。

朝倉の主だった武将は、ことごとく鉄砲で狙撃され、出城も砦も次々に陥落した。

義景が一乗谷に戻ったのは、十五日だった。

信長が攻めて来るというので、人は逃げ去っていて、出迎えたのは、わずかに数十人に過ぎなかった。義景の顔色はなかった。口もきけずに倒れ込んだ。

栄華を誇った一乗谷が信長の馬蹄に蹴散らされ、炎上するかと思うと、義景は気が狂いそうだった。

子の愛王、愛妻の小少将、母の光徳院に、どう話したらいいのか。

義景は自分のおろかさに、初めて気づいた。もはやすべては遅かった。

小少将は愛王を抱き締めて居館にうずくまっていた。

「許せ」

義景は二人を抱き寄せた。

「どうなるの」

小少将は泣き崩れた。

義景はうろたえ、もだえた。

「もはやこれまでだ」

義景は自刃せんとしたが、

「お待ちくだされ。大野で再起を期すべきかと」

と側近の鳥居景近《かげちか》と高橋景業《かげおき》が止めた。

二人は老臣たちの反対を押し切り、近江出陣を強行した張本人だった。しかし決裁したのは義景だった。いまさら責めてもせんなきことであった。

大野には平泉寺があった。そこの宗徒とともに一戦を交えんというのだった。

信長の先鋒が一乗谷に入ったのは十八日である。一乗谷はたちまち猛火に包まれ、義景の居館から武家屋敷、町並、神社仏閣にいたるまで、すべてが焼き払われた。

栄華を誇った越前の王国は比叡山と同じように、三日三晩、燃え続け、廃墟と化した。

大野の賢松寺に入った義景は、もはや、あきらめの境地にあった。

七顚八倒　四十年中　無他無自　四大本空
辞世の句も詠んだ。

四十年の生涯には、いろいろなことがあったが、空しいとしかいいようがない。

義景はうつろな目で境内を見つめた。

突如、賢松寺を取り巻いた同族景鏡《かげあきら》の騎馬武者に目を疑った。二百騎はいた。

「まさか、おぬしは」

義景が景鏡をにらんだ。

「死んでもらう、放て！」

景鏡が叫んだ。

銃声が響きわたり、義景は吹き飛ばされて倒れた。

胸の辺りから血が吹き出した。義景は体を起こした。

「きゃー」

小少将が悲鳴を上げた。

「裏切り者めが」

義景の唇が微かに動き、

「介錯せよ」

と脇差を抜いた。次の瞬間、義景の首が飛んだ。

義景の首は景鏡の手で、信長のもとに運ばれた。

人はこうまでして、命をながらえたいのか。信長の武将たちの目が景鏡に注がれた。

手を小刻みにふるわす景鏡は、どこから見ても醜悪だった。

信長は景鏡を一瞥《いちべつ》するや、

「義景の首、都に運び、獄門に晒せッ」

と叫び、馬に飛び乗って近江に引き返した。

「くわッ」

峠を登るたびに、信長の声が山間《やまあい》に響いた。

落城の譜

1

越前から戻って数日後の八月二十六日深夜であった。

信長は久政と重臣たちが籠る小丸《こまる》と京極丸、山王丸を落とすよう指示した。それぞれの間には二百メートルほどの距離があった。兵が分散しているので攻めやすい面もあった。

信長は阿閉貞征《あつじさだゆき》や磯野員昌《かずまさ》ら降伏した浅井の重臣たちからさまざまな供述を得ていた。

阿閉らは久政を取り巻く老臣たちが因循《いんじゅん》姑息《こそく》で、ときの流れをつかめず、長政を無駄な戦に追い込んだと語った。信長はそういう連中を一人残らず斬首するつもりでいた。

京極丸と山王丸には浅井井規《いいのり》、大野木茂俊ら浅井譜代の重臣が籠城していた。

「奴らを全員、引っ捕らえよ」

信長がいった。

大嶽を攻め取った段階で、小谷の山の半分はすでに、信長の手にあった。

藤吉郎は内通者を捜し、重臣たちに投降を呼び掛けていた。早く投降すれば命は助けるというものだった。大野木が、降伏をほのめかした。これで一角が崩れた。

藤吉郎は蜂須賀小六の手勢六十有余人を、この作戦に投入することにした。彼らは放火、乱取り、拉致、監禁など特殊工作の専門集団である。

密かに京極丸と山王丸に忍び込ませ、重臣たちを拉致しようというのだ。

彼らは具足を外し、三方から尾根にとりついた。

全員が漆黒の闇のなかをまるで獣のように素早く登った。これに合わせて別働隊五百騎が、正面の大手口に攻め寄せ、激しく発砲した。

これは蜂須賀の手勢を隠す陽動作戦である。信長は二万騎を率いて前方に控え、小谷の里を篝火《かがりび》と松明《たいまつ》で埋め尽くした。

「来たか」

長政は本丸に立って眼下を見下ろした。

これが戦でなければ、いかに美しいことか。

鉄砲の音が激しさを増し、太鼓や鐘、法螺貝が鳴った。

「あぁ、恐ろしいことです」

お市は耳をふさいだ。

三年間に及ぶ夫と兄の戦いが、最後の段階を迎えていた。夫は殺されてしまうのか。お市は兄の冷たさに身ぶるいした。何ゆえに、こうなってしまったのか。お市は錯乱した。

「これも定めだ、子供たちをつれて参れ」

長政がいった。

万福丸は自分の運命が分かっているかのように、おびえ切っていた。人質として越前に送られ、帰ってくれれば、城が取り巻かれていた。

――薄幸な子よのう。

長政は万福丸を抱き寄せた。

信長の気性からすれば、万福丸は生き延びることは難しかろう。だからといって自分の手で殺《あや》めることは出来ない。万福丸がどこまで逃げ切れるか。それに賭けようと思った。

お市と三人の娘は信長のもとに帰そう。下の男子は寺に入れる。長政はそう考えた。

「父とはしばらく会えぬかもしれぬ。男は寂しさに耐えねばならぬ」

長政が万福丸をさとすと、万福丸は必死にこらえていたが、やがて大粒の涙を流し、嗚咽《おえつ》した。

夜明けとともに総攻撃であろう。いさぎよく、城外に討って出て、信長と差し違えよう。いまとなっては、そのことしか、子供たちに残すものはなくなっていた。

長政はお市と万福丸をなかに入れた。

「孫右衛門、最期のときが来たようだ」

長政がいった。

「拙者、どこまでもお供仕ります」

孫右衛門がひざまずいた。

「拙者とて同じでござる」

源助が涙をぬぐった。

「そちたちに申しておくことがある。そちたちの嫡男を、ここに留めておくことはない」

「なにを仰せられるのか」

「それは余の命令だ。浅井のことを後世に伝えてもらいたい」

長政の言葉に、二人は目頭を押さえた。

この数日間に、二千人もの兵が姿を消した。今夜も山を下る者が続出しよう。

もはや、いらざる抵抗は無駄であった。

そのとき、京極丸と山王丸の方角から鉄砲の音が響き、百雷が一時に落ちたかのごとき砲声が響き渡り、わっという喚声が聞こえた。

またして奇襲であった。

敵は自由自在に小谷の山を走り回っている。

「あッ」

孫右衛門が叫んだ。

「小丸が」

源助が指さした。

「なんと」

長政は悲鳴をあげた。父久政がいる小丸が激しい攻撃を受けている。

「討って出よ」

長政が叫んだ。

本丸と小丸の間には、深い空堀と石垣があった。飛び出した孫右衛門が戻って来た。

「小丸はすでに敵の手に」

「なんたることか」

信長勢の恐るべき力に言葉がなかった。

小丸には大野木もいた。大野木は激しく抵抗し斬り合いとなったが、鉄砲でたちまち数十人が撃ち倒され、大野木は白旗を掲げて降伏し、兵も大半は投降した。

「城中寂として声なし」

小丸に飛び込んだ藤吉郎は驚いた。久政の側にいたのは、たったの二十人ほどで、兵士の姿はなかった。

能楽師の鶴松太夫が出てきて、

「この場に至って未練がましきことはせぬ、早々に殿の首を信長公に進上致せ」

といって奥に消え、鶴松太夫が介錯して久政が腹を切り、鶴松太夫も自刃した。あっけない幕切れだった。この辺りも史料によって情景が異なる。

夜が明けた。

小丸には信長の軍旗が立っていた。

長政に残されたのは、この本丸しかなかった。

父久政は自刃し、その首は藤吉郎に持ち去られたことも分かった。

自分はなんたる親不孝か、長政はもう死ぬことだけを考えていた。幸い母は里に逃げ落ちたと聞き、それだけが救いだった。

長政は黒糸おどしの鎧に金襴の袈裟をかけ、朱塗りの長刀を小脇に抱え、浅井石見守、赤尾清綱ら生き残った重臣と中島新兵衛、中島九郎次郎、脇坂左介らを従え、黒金御門を開いては何度か討って出た。孫右衛門と源助も無我夢中で戦った。

長政は群がる敵を斬り伏せ、本丸に駆け戻り、また城門を開いて討って出た。

戦うたびに人が減った。

『浅井三代記』では「二十八日未《ひつじ》の刻より二十九日午《うま》の刻」に、この戦闘があったと記述されている。日中からの強襲である。

2

藤吉郎の調べでは、本丸の兵は多くて五百人前後になっていた。

「落城だな」

信長がつぶやいた。しかし、本丸にはお屋形さまの妹君お市の方がいるので、誰も踏み込むことは出来なかった。

「長政のところに参り、投降を勧めよ。義景を討ち取ったいま、長政には遺恨はない。家来とともに一命は助ける。そのことを、しかと伝えよ」

信長が不破光治に命じた。

浅井家との交渉は、いつも光治が受け持って来た。

光治は軍師の標識を掲げて小谷城の本丸に向かった。

小谷の城は静まりかえり、不気味なほどだった。投降した浅井の兵を入れる収容所も出来ていて、少しでも抵抗した者は、その場で斬り捨てられた。

思えば十年前のことだった。お市の方の輿入れのとき、付き添ってきたのは、光治だった。お市の方はどのような心境でおろうか。光治はそのことを思いながら、遺体が散乱する本丸に入った。

長政は憔悴した顔で座っていた。

かたわらに、お市の方がいた。

「戦は終わりにしとうござる。そのことで参上仕った」

光治が長政とお市の方に一礼した。

「なんと申し上げていいか、このようなことに立ち至った」

長政がいった。

「勝敗はときの運でござれば、如何《いかん》ともし難きこと。これは御大将からの伝言でござる。殿に遺恨はござらぬとのこと、家来とともに、もう一度、仕えていただきたいとの仰せである」

光治の言葉に、お市の顔に赤みがさした。

「ありがたきお言葉なれど」

長政は断った。

「義兄とは、三年に及ぶ戦いであった。拙者の不徳の致すところ、多くの家臣が命を落とし、祖父が築いた浅井の家をつぶし、いままた父をも失った。かくなる上は、おめおめと生きることは出来ぬ」

長政は苦悶の表情で語った。

「ならば戦を続けるといわれるか」

「いかにも、その旨、信長公にお伝えいただきたい」

「この場合、軍門に下ること、恥にあらず」

「それは出来ぬ」

長政がいった。

これ以上、話すことはなかった。

光治はうなずいて帰り、その旨を信長に報告した。

信長がいった。

「ならぬ、もう一度説得せよ」

信長がいった。光治は信じられぬ思いで信長を見つめた。

光治はもう一度、本丸に向かった。

「かたじけないが、武士としての最期をまっとうさせてもらいたい」

長政は深々と頭を下げた。その目は哀願に近かった。

「お願いが一つござる。お市と三人の娘は織田家につながる者である。義兄にお返し致す」

長政がいうと、お市は、

「なりませぬ、私はここに残ります」

と涙を浮かべて哀願した。

「聞き分けてくれ、そちが生きてこそ、浅井の名が後世に伝わるのだ。わしの望みをかなえてほしい」

長政がいうと、

「ひいぃ」

お市は身をよじって泣いた。

「万福丸と幾丸は、男ゆえ、わしと一緒だ」

「あぁぁ」

お市は気がふれんばかりに、泣き続けた。幾丸の名は万寿丸、円寿丸などいくつかある。

「それから、ここにいる若者は光治どのにおあずけ致す」

最後に長政はいい、初めて笑みを浮かべた。

「貴殿の真意は、かならず御大将にお伝え致す」

光治は藤堂与吉や片桐助作らを連れて、小谷の城を後にした。光治を見送った長政は嫡男万福丸を木村喜内之介に託し、落ち延びさせた。

「父上ッ、母上ッ」

まだ十歳、あどけなさが残る万福丸の悲痛な叫びに、長政は胸をかきむしられた。

お市は万福丸にしがみつき、抱き締めていたが、

「急ぎますゆえ」

と木村にいわれて手を放し、涙をいっぱいためて万福丸を見送った。生まれたばかりの次男幾丸は、寺の住職に預けられた。

お市と三人の娘、長女の茶々、次女の初《はつ》、三女の小督《おごう》との別れのときが来た。

「さらばだ」

長政が娘たちの髪をなでた。お市はあふれる涙をぬぐいながら、城門を下った。外には藤吉郎が待っていた。

「ここからは拙者がお守り致す」

と頭を下げ、お市の方と娘たちを信長の陣営に運んだ。

信長はその日、お市には会わなかった。

「馬鹿めが、かくなる上は長政を殺せ」

信長は藤吉郎に命じ、藤吉郎は城門を壊し、本丸に突入せんと、蜂須賀小六に城門の破壊を命じた。

3

長政は静かに人生を振り返っていた。

不器用な生き方であった。

いまをときめく信長公の義弟でありながら、その閨閥《けいばつ》を生かすこともなく、こうして最期のときを迎えていることに、おのれの愚かさを感じた。

あれこれ考えても、すべては、詮なきことであった。

長政は毎朝、最後まで自分と行動をともにしてくれた人々に宛行状《あてがい》や感状《かんじょう》を書いた。

籠城の労を謝してその恩賞として領地を宛行ったもので、付け年号は元亀四年（一五七三）とした。

実は七月二十八日に改元《かいげん》が行われ、天正になっていたのだが、信長に対する反抗から、旧年号の元亀を使った。

すでに落城寸前である。もう領地も出城もない。

しかし空手形ではあったが、自分に出来るせめてもの気持ちであった。

長政は涙を浮かべながら書き続けた。

八月二十九日、最後になるかもしれない感状を書いた。

孫右衛門への感状だった。

少年のころから面倒を見てもらった。なにをしてやることも出来ずに、この日を迎えてしまった。

「比類なき忠節に感謝する」と書きながら、長政は嗚咽した。

　　元亀四年八月二十九日　　　長政（花押）

　片桐孫右衛門尉殿
孫右衛門の名前を書きながら、涙がとめどなく流れた。

感状を手にした孫右衛門は、言葉もなく、長政を見上げた。

「死ぬことはない。生きてほしい」

長政がいうと、孫右衛門は声をあげて泣いた。

この何日か、どうにか守ったが、兵は二百に減っていた。ついに黒金御門が破られ、藤吉郎を先頭に柴田勝家、前田利家、佐々成政らの軍勢が乱入した。

長政は自ら太刀を抜き、斬りまくった。しかしもはや限界であった。

敵兵に周囲を取り巻かれ、赤尾がついに捕らえられた。

「殿ッ、拙者の屋敷へ！」

赤尾が悲痛な声で叫んだ。

長政は残った浅井日向守と赤尾屋敷に逃げ込んだ。

『浅井三代記』に長政最期の模様が次のようにある。

中島新兵衛、中島九郎次郎、木村太郎次郎、脇坂左介や浅井阿菊らの近習が長政の前に立ちふさがり、孫右衛門や源助も支えんとしたが、もうどうにもならず、雑兵たちに組み敷かれた。

長政は奥の座敷に入り、

「介錯致せッ」

と叫んで脇差を抜き、左の脇腹に押し当てた。

「御免ッ」

浅井日向守が介錯し、長政の首を落とした。中島ら近習たちも傍らで腹を切った。

そこにワッと藤吉郎が踏み込んだ。

「遅かったか」

藤吉郎が呆然と長政の首を見つめた。

浅井長政、二十九年の生涯だった。


信長は虎御前山にいた。

「そうか」

信長は藤吉郎から長政の最期の模様を聞いた。

「馬鹿めが」

信長がぽつりと、つぶやいた。

長政は嫌いではなかった、好きな男だった。自分の後継者と考えたことさえあった。

久政の首を憎々しげに見つめた信長だったが、長政の首は見ようともしなかった。

信長は俄かに不機嫌になり、

「小谷に参るッ」

と馬に跨がった。

藤吉郎が必死で追いかけた。

「くわッ」

信長は一気に小谷城を駆け上がり、京極丸に姿を現した。

生け捕った重臣たちは、ここに捕られていた。

「浅井の者どもを連れて参れッ」

信長が大喝した。

目をらんらんと光らせ、激しい憤《いきどお》りの顔だった。

荒縄で縛られた浅井の重臣、浅井井規《いいのり》が引きずり出された。

「投降が遅い。打ち首じゃ」

信長が睨み付けた。

「拙者、運悪く生け捕られたまでござる」

「なにおッ」

信長は一刀のもとに斬り裂いた。

信長の耳には重臣一人一人の行動や言動が入っていた。激しく抵抗した者は即座に首を刎ねた。浅見対馬守が呼び出された。浅見は事前に降伏の意思を示していたが、信長の印象は悪かった。

「そちは、ぐずぐずしておった。所領は没収じゃ」

信長は間髪を入れずにいった。

浅井七郎、浅井玄蕃亮、大野木土佐守らが引き出された。

「そちたちは不忠者じゃ。首を討てッ」

信長が睨みつけた。

浅井石見守が現れた。

「貴殿のごとき、冷血な者は吐き気が致す。わが主君は立派であった」

石見守は信長にかみ付いた。

「たわけッ。腰抜けめが」

信長は顔色を変えて立ち上がるや、一刀のもとに斬り倒した。

血を吹き出して転がる生首を、信長は身をふるわせて見つめ、生唾をのんだ。

「ぐえッ」

雑兵の一人が吐きそうになった。

ジロリと信長が見た。殺されると誰しもが思ったが、信長の呼吸は荒くなり、ゼーゼーと激しく息をしてうずくまった。

信長は激昂すると、もう歯止めが利かなかった。

天才と狂人はまさしく紙一重であった。

老臣赤尾清綱が引き出された。

「なぜ死に遅れたッ」

信長が問うた。

「年のせいでござろう、さあ首を刎ねよ」

清綱が叫んだ。

「父の介錯はそれがしに」

倅の新兵衛が走り出た。

信長は「ならぬ」と一言いい、

「倅はわしが取り立てるから安心致せ」

といって家来に首を刎ねさせた。

「藤吉郎、わしはやめた、あとはそちにまかす」

信長は暗い顔で座り込んだ。


九月四日、信長はすべてを藤吉郎にまかせ、佐和山に出立した。

虎御前山を下ったところに、男が伏していた。

馬廻が捕まえて叩き出そうとした。

「なにごとじゃ」

信長が質《ただ》した。

「安養寺三郎左衛門尉にございます」

「なに安養寺とな、つれて参れ」

信長が馬をおりた。

「お屋形さまに、お別れを申し上げたく、ここでお待ち致しておりました」

「おお、そちはどうしておった」

「屋敷に籠っておりましたが、どなたも攻めては参らず、生き長らえました」

「そちのことを忘れておったわ」

信長がカラカラと笑い、

「どうだ、家来にならぬか」

といった。

「ありがたきお言葉ながら、亡き主君の弔《とむら》いをしたく、ここに残らせていただきます」

安養寺が答えると、

「そうか、長政もそちのような家来をもって幸せだった。さらばじゃ」

と馬に飛び乗り、

「くわッ」

と叫ぶや、いつものように土煙りをあげて、豆粒のように小さくなった。

安養寺は道端にひれ伏し、信長の言葉を噛み締めていた。

信長は長政のことが好きだったのか。

安養寺は思い、一抹の安らぎを覚えた。

信長の意向であろうか。

「浅井長政前屠腹《とふく》しておわる。江州武者の本意を貫き、親下野《しもつけ》とともに、見事なる最後見届け候」

『武功夜話』は、大要このように長政の最期を記している。

●浅井長政関係年表

年代	西暦	
天文十四年	1545	小谷城主浅井久政の嫡男として誕生。幼名猿夜叉。
永禄二年	1559	六角義賢の臣平井定武の娘を娶るが、四か月後離別。義賢、佐和山城を攻める。
永禄三年	1560	長政、義賢と野良田表で戦う。桶狭間の戦い。父久政、家督を長政に譲り、小丸に隠退する。
永禄四年	1561	賢政改め、長政を名乗る。
永禄十一年	1568	足利義昭、長政の小谷城に入る。信長の兵、箕作城を襲う。
元亀元年	1570	信長の越前進攻が始まる。以前から同盟関係の朝倉氏と協力し近江国姉川に戦うが大敗。信長は長政を攻め、小谷城下を焼き払う。
元亀二年	1571	磯野員昌、佐和山城を出て信長に降る。信長、比叡山焼き討ち。
元亀三年	1572	信長の兵、小谷城を攻め、城下町に放火。義景の兵が信長の

天正元年　１５７３

兵と対陣。

浅井、朝倉連合軍と信長の決戦始まるが、信長の大軍に小谷城を包囲され、朝倉氏滅亡に続いて小谷城が落ち、長政自刃。享年二十九。

あとがき

この本は２００１年にＰＨＰ文庫から発刊された『浅井長政』を『信長の狂気』に改題、発刊したものである。私は執筆の際、琵琶湖を眼下に眺める小谷城跡を訪ね、地形を巧みに利用した我が国屈指の山城であることを知り、浅井長政の妻、お市の運命と合わせ、戦国時代の無常を強く感じたのだった。

今、私は浅井長政と一緒に薄濃にされた北陸越前の戦国大名朝倉義景の生涯についても考察を進めている。なぜ、一乗谷は炎上したのかである。

さて、今回、文芸社の企画で再び世に出ることは、望外の喜びであり、企画編集室の鵜澤尚高さんには、大変お世話になった。文芸社の皆さんに謝意を表したい。

２０１７年２月

星　亮一

参考文献

『浅井三代記』史籍集覧第六冊（近藤出版部）
『浅井日記』黒川真道編（滋賀県立図書館）
『新訂　信長公記』桑田忠親校注（新人物往来社）
『武功夜話1～4、補巻』吉田蒼生雄訳（新人物往来社）
『近江・浅井氏』小和田哲男著（新人物往来社）
『戦国大名浅井氏と小谷城』中村一郎先生遺稿集（小谷城址保勝会）
『元亀争乱―信長を迎え討った近江』（滋賀県立安土城考古博物館）
『史跡　小谷城跡―浅井氏三代の城郭と城下町』（湖北町教育委員会、小谷城址保勝会）
『戦国大名家臣団事典　西国編』『同・東国編』山本　大・小和田哲男編（新人物往来社）
『織田信長家臣人名辞典』高木昭作監　谷口克広著（吉川弘文館）
『朝倉義景』水藤　真著（吉川弘文館）
『浅井三代小谷城物語』馬場秋星著（木精社）
『現代語訳「名将言行録」軍師編』『同・智将編』加来耕三著（新人物往来社）ほか

本書は、二〇〇一年十一月、ＰＨＰ研究所から発行された文庫『浅井長政　信長に反旗を翻した勇将』を改題・修正した作品です。

文芸社文庫

信長の狂気

二〇一七年二月十五日　初版第一刷発行

著　者　星亮一
発行者　瓜谷綱延
発行所　株式会社　文芸社
〒一六〇-〇〇二二
東京都新宿区新宿一-一〇-一
電話　〇三-五三六九-三〇六〇（代表）
〇三-五三六九-二二九九（販売）

印刷所　図書印刷株式会社
装幀者　三村淳

ISBN978-4-286-18378-7